Für Andy, Kyra und Melina

Conrad Schmidt

Hender!

Eine Horrorkurzgeschichte

Herstellung und Verlag: BoD – Books on Demand, Norderstedt

ISBN: 978374606525

1

Das schummerige Licht, mit welchem das flackernde Kaminfeuer die ansonsten stockdunkle Wohnstube flutete, schaffte eine überaus beruhigende Atmosphäre, welche durch die Joni Mitchell Platte, die im Hintergrund spielte, nur noch sinnlichere Züge annahm. Das halbvolle Weinglas in meiner Hand rundete die typische Darstellung eines reichen, alten Schnösels perfekt ab; was wahrlich amüsant in meinen Augen erschien, da ich erst 24 Jahre alt war und ich mich finanziell gesehen gerade noch so zur Mittelklasse zählen konnte.

Nichtsdestotrotz hatten Camilla und ich es geschafft, während unserer Studienzeit mit diversen Nebenjobs genug Geld für den ein oder anderen Luxus zusammen zu kratzen und dazu zählten in erster Linie Schallplatten, kostspielige Filmeditionen und erlesene Weine, so wie der Chateau Saint-Pierre, den ich vor etwa zwei Stunden erstmals gekostet hatte. Zwar hatte er mich ein ordentliches Sümmchen gekostet, 106 Kronen um genau zu sein, doch der Hochgenuss war wahrlich seinen Preis wert und meine Großmutter pflegte immer zu sagen *„Wein ist wie das Leben; wer genießt hat länger was davon.“*

Unglücklicherweise wechselte sie vom 'Wein genießen' zum 'Whiskey saufen', was in einem Autounfall und ihrem frühzeitigen Ableben im Alter von 63 Jahren endete. Meine Augen wanderten zu der kleinen Standuhr über dem Kamin hinüber, die mir mit ihren kleinen dunkelbraunen Zeigern 21:35 Uhr ankündigte. Camilla würde erst gegen 1:00 Uhr nach Hause kommen, daher blieb mir noch ein wenig Zeit mit dem Wein und der Musik, auch wenn ich inzwischen eine sich anbahnende Müdigkeit verspürte, welcher ich innerhalb weniger Minuten erlag, mein Glas abstellte und den Kopf auf das Sofa sinken ließ.

Ich schloss meine Augen und war wider Erwarten bereits nach wenigen Sekunden eingeschlafen. Etwas, was ich mir zu gerne in einer jener Nächte gewünscht hätte, in denen ich stundenlang nur da lag, ohne die Möglichkeit, selig und ohne Sorgen zu schlummern.

Alpträume... das war es, was mich nur allzu oft wachzuhalten vermochte. Groteske Bilder des unvorstellbaren Grauens, die sich in meinem Kopf einnisteten, verzerrte und erschreckende Werke, wie beispielsweise „*Der Schrei* von Edvard Munch" oder etwa „*Die Beständigkeit der Erinnerung*" von Salvador Dalí; das Abbild drei verschiedener Uhren, die zu schmelzen begannen. Für andere war es herrliche Kunst, doch mich plagten solcherlei Gemälde des Nachts.

Ich konnte mich genau daran erinnern, als ich eines Nachts schreiend im Dunkeln aufwachte, weil ich träumte, wie das Haus, die Möbel, Camilla und sogar ich wie Käse in der Mikrowelle zu schmelzen begannen. Es war ein solch abscheulicher Anblick, zu sehen, wie erst unsere Haut vom Fleische fiel, dieses wiederum an den Knochen hinunter lief und unsere Körper letztendlich als blutrote Flüssigkeit eine schleimige Lache auf dem Boden bildeten.

Irgendwann wurde es so schlimm, dass ich alle Gemälde, die wir besaßen, aus der Wohnung verbannte und Camilla brachte sie anschließend zu ihren Eltern, um sie dort auf dem Dachboden aufzubewahren. Sie tat mir bei dieser ganzen Sache am meisten leid; immerhin war sie Kunststudentin und völlig vernarrt in ihre Werke, welche sie alle selbst kreierte. Leider schien sie sich besonders an den recht düsteren Werken Goyas zu inspirieren, was ein überaus nahrhafter Boden für meine Ängste war. Ich hatte schon immer ein schlechtes Gewissen, dass ich nie mit ihr in die Galerie ging, wenn Camillas neueste Gemälde ausgestellt wurden, aber als ich sie auch noch dazu drängte, ihre Bilder aus der Wohnung zu entfernen, war das fast schon so, als würde ich ihre Kinder auf die Straße setzen.

Doch ich konnte einfach nicht anders. Die Abbilder, die sich in meinem Schädel manifestierten, waren einfach zu grauenvoll und ließen mich entweder schlecht oder überhaupt nicht zur Ruhe kommen. Zudem hatte ich, kurz nachdem sich die ersten Alpträume bemerkbar machten, noch ein anderes Problem, mit welchem ich seit meiner frühesten Kindheit nicht mehr konfrontiert worden war. Ich begann zu schlafwandeln. Eine Angewohnheit, die ich spätestens nach Erreichen meines siebten Lebensjahres hinter mir gelassen zu haben glaubte. Doch mit den Bildern und den daraus resultierenden Alpträumen kamen auch längst vergessene und ziemlich schlechte Eigenarten wieder zum Vorschein. Es war vor gerade mal drei Wochen, dass ich plötzlich mitten in der Küche aufwachte, völlig orientierungslos und durch das Geträumte ziemlich verängstigt.

Ich konnte einfach nicht anders handeln... Und doch brach es mir das Herz, Camilla diese Sache anzutun. Sie selbst sagte zwar immer zu mir, dass mein Wohlbefinden und das Verschwinden meiner Alpträume so viel wichtiger seien als all diese, ich

zitiere „lächerlichen Schmierereien", aber ich
konnte ihr ansehen, dass sie nicht die Wahrheit
sagte und obwohl sie nur log, um mich von
meinen Schuldgefühlen zu erlösen, so war es
dennoch eine Qual, zu sehen, wie sie ihren
ganzen Kummer hinter einer Fassade zu
verstecken versuchte.

Andererseits war ihr Handeln auch der
ultimative Beweis für ihre bedingungslose
Liebe zu mir. Meine Camilla; während der
ersten vier Monate, die ich hier in Oslo
studierte, fühlte ich mich vollkommen verloren,
bis sie mir als der Engel, der sie war, erschien
und mich für immer von meiner Einsamkeit
befreite.

Alte Erinnerungen, die in meinem Kopf
herumschwirrten, verblassten normalerweise
schnell und waren dann so unscheinbar wie ein
Traum, dessen Geschehnisse ich verzweifelt
zu rekonstruieren versuchte. Dieser Tag nicht.
Nicht der Tag, an dem sie mir zum ersten Mal
begegnete. Ich könnte es nie vergessen; wann
immer ich mich daran zurück erinnerte, wie
ich alleine in dieser Bar saß, schien es fast so,
als hätte ich erst vor wenigen Stunden eben
diese Bar verlassen.

Wie so oft in einer jener einsamen Nächte, die
mir meinen Aufenthalt in meiner neuen
Heimat Tag für Tag schwerer machten,

versuchte ich, dieses scheußliche Gefühl der Einsamkeit mit Alkohol zu ertränken, was natürlich, wie sonst auch, nicht funktionierte und mich nur noch deprimierter machte. Ich weiß noch, dass an der Wand hinter dem Tresen so ein blödes Plastikschild hing, die man sich in diesen kleinen Ramschläden für billiges Geld kaufen konnte. " *Ich versuche meine Sorgen zu ertränken, doch die Bastarde können schwimmen",* stand darauf. Ein ziemlich bescheuerter Spruch und doch steckte so viel traurige Wahrheit in ihm.

Ich war an jenem Abend bereits stark angetrunken gewesen; ein verdrießlich dreinblickender und zudem alkoholisierter Student, der vollkommen alleine an der Theke saß und im Selbstmitleid versank, war wahrlich kein sehr einladender Anblick und erst recht kein besonders schöner. Umso verwunderter war ich, als mir plötzlich jemand auf die Schulter tippte, ich mich umwandte und in die grünen Augen einer jungen Frau blickte. Sie war wirklich unglaublich schön. Für einen Moment dachte ich, dass ich inzwischen so viel getrunken hatte, dass jede Frau wie eine Göttin für mich aussah, was mir auch beinahe so herausgeplatzt wäre. Somit hätte ich den wohl lachhaftesten Anmachspruch der Geschichte gebracht, ganz im Stil von 'Hab meine Handynummer verloren, kann ich deine haben?' und dem ganzen anderen Quatsch, den sich Typen ausdachten, um wildfremde Mädels schnellstmöglich in die Kiste zu bekommen.

Noch bevor ich jedoch Fettnäpfchenkönig des Abends wurde und das erste Wort über meine Lippen brachte, legte sie sanft ihre Hände an meine Schläfen, zog mich an sich heran und küsste mich. Das war damit wohl einer der überraschendsten Momente in meinem Leben und der schönste Augenblick meines bisherigen Aufenthaltes in dieser ansonsten so gefühlskalten Stadt. Nach diesem scheinbar völlig willkürlichen Aufeinandertreffen unserer Lippen sah sie mich für einen Moment lang ganz schweigsam an und zwar mit einem Gesichtsausdruck, den sie sich eigentlich nur dann hätte anmaßen dürfen, wenn ich es gewesen wäre, der einfach so auf sie zugestürmt wäre, um sie zu küssen.

Ich wurde ziemlich nervös und hatte kurzzeitig sogar die Befürchtung, dass sie mir eine scheuern würde, obwohl sie ja nun wahrlich kein Recht darauf gehabt hätte. Noch bevor ich jedoch irgendetwas sagen konnte, mir schwebte tatsächlich eine *Entschuldigung* vor, begann der Ausdruck in ihren Augen, der mich für einen Moment lang tatsächlich etwas

11

verängstigt hatte, zu verschwinden und sie zeigte mir ihre strahlenden weißen Zähne, als sie erst schüchtern zu lächeln und dann total beschämt zu lachen begann.

„Tut mir leid, aber ich bin mit ein paar Freundinnen hier und sie haben mit mir gewettet, dass ich mich nicht trauen würde, dich zu küssen. Danke fürs Mitmachen; das war ja zum Glück recht leicht verdientes Geld. Hatte für einen kurzen Moment Angst, dass du mich mitten im Kuss wegstoßen würdest. Ich werde dich für deine Beihilfe selbstverständlich fürstlich entlohnen – was würdest du gerne trinken?"

Eine Wette? Ich war also eine Wette gewesen? Natürlich, wie konnte ich auch nur so naiv sein, zu glauben, dass eine Frau mit solch einer Schönheit, Interesse an einem versoffenen Häufchen Elend wie mir haben konnte. Es war schon ein ziemlicher Stimmungskiller, zu wissen, dass man binnen weniger Sekunden von einem einsamen Studenten zu einer Mutprobe für irgendwelche Mädels mutiert war. Ein Ruf, auf den ich nicht unbedingt stolz hätte sein können, aber diese darauf folgende Einladung auf einen Drink gab mir zumindest Hoffnung, dass ein Mindestmaß an Interesse von ihrer Seite aus bestand.

„Du, das ist echt nett von dir, dass du mich

jetzt nicht völlig verdattert hier sitzen lassen willst, aber ich fürchte, ich hatte heute ohnehin schon viel zu viele Drinks."

Natürlich war diese Aussage gelogen. Zwar war ich schon so gut wie betrunken, aber ich hätte mir mit Leichtigkeit noch fünf Bloody Marys reinschütten können, aber um ehrlich zu sein, wollte ich nicht unbedingt, dass *sie mich* auf einen Drink einlud. Was solcherlei Dinge anging war ich eben recht traditionell, aber da ja Aussagen wie *„Der Mann gibt der Lady das Getränk aus"* in unserer heutigen emanzipierten Welt purer Sexismus waren, griff ich stattdessen zu dieser kleinen, wenn auch recht plumpen Notlüge.

„Heißt das, dass du jetzt schon betrunken bist?"

Die brünette Schönheit mit den niedlichen Locken sah mich skeptisch an und belächelte meine Aussage recht offensichtlich. Ich begann zu stammeln, doch im Lügen war ich noch nie wirklich gut. Schließlich konnte ich jetzt nur verlieren. Würde ich „Nein." sagen, wüsste sie, dass meine vorherige Notlüge der Unwahrheit entsprach und wenn ein „Ja." über meine Lippen gekommen wäre, hätte sie höchstwahrscheinlich das Weite gesucht und so entwich mir lediglich ein ziemlich peinlicher Wortsalat.

„Nein, naja, doch – ein wenig... ja."

Wieder begann sie zu lachen und setzte sich neben mich auf einen der unbequemen Barhocker. Wow, dachte ich mir. Wenn sie jetzt nicht gleich wieder von diesem Arschfoltergerät aufspringt, scheint sie ja wirklich interessiert zu sein.

„Dann eben keinen Drink. Wie wäre es stattdessen mit einem Gespräch? Die Leute sagen mir immer, dass ich eine fantastische Zuhörerin und Ratgeberin bin und da du hier so ganz alleine sitzt und trinkst, brauchst du doch sicherlich jemanden, der dir mal zuhört oder?"

„Klar gerne. Puhh... ich dachte erst, dass du absolut keinen Bock hättest, dich mit einem Betrunkenen zu unterhalten. Ist das für die meisten Frauen nicht total abturnend?"

„Wenn Menschen betrunken sind, zeigen sie ihr wahres Gesicht. Wie könnte man ein ehrliches Kennlerngespräch also besser führen als im alkoholisierten Zustand?"

Sie gefiel mir schon gut, bevor sie überhaupt zu sprechen begonnen hatte, aber mit jedem ihrer Sätze wurde sie mir immer sympathischer.

„Ich bin übrigens Camilla und ja ich weiß, normalerweise stellt man sich schon *vor* dem ersten gemeinsamen Kuss vor, aber je eher wir das nachholen, desto weniger merkwürdig wirkt das Ganze dann im Nachhinein. Wie heißt du denn, Hübscher?"

„Mikal," brachte ich gerade so heraus, beinahe erschlagen von ihrem Wasserfall aus Worten.

„Süß, genau wie mein Cousin, obwohl du mir jetzt schon deutlich sympathischer erscheinst."

„Hm... ich hab weder Cousins noch Geschwister. Meine Eltern sind beide Einzelkinder und ich glaube, die Reiseliebe meiner Eltern hat dann auch letztendlich dafür gesorgt, dass ich kein geldverschlingendes Geschwisterchen bekommen habe."

„Braucht man auch nicht – sind doch nichts weiter als nervige kleine Biester."

„Bist wohl nicht so der Familienmensch was?"

„Überhaupt nicht. Ich bin schon mit meinen Cousins überfordert genug. Möchte mir gar nicht ausmalen, wie sehr ich unter einem permanent im Haus verweilenden Geschwisterkind zu leiden hätte."

„Ich hätte gerne die Erfahrung gemacht, aber im Nachhinein würde ich es vermutlich doch bereuen. Studierst du auch hier in der Gegend oder machst du eine Lehre?"

„Studium. Ich bin jetzt seit knapp zwei Jahren an der Kunsthochschule und du?"

„Soziale Arbeit, aber ich bin gerade noch im ersten Jahr."

„Und wohnst du schon länger hier in Oslo?"

„Seit etwa 15 Jahren. Ursprünglich komme ich aus einer Stadt in Deutschland."

„Hm... ich bin eigentlich auch nicht von hier. Bis vor sechs Jahren habe ich noch in der Nähe von Paris gelebt, bevor meine Eltern wieder zurück nach Norwegen wollten. Mein Vater hatte einen Job in Frankreich, aber als er in Rente ging, hielt sie nichts mehr in diesem Land."

„Meine Eltern waren beziehungsweise sind, ja wie bereits erwähnt, riesige Reisefanatiker und Norwegen war das Ziel ihrer Hochzeitsreise und sie haben sich immer vorgenommen, dass sie sich, wenn das Geld reicht, dort niederlassen würden."

„Ein wundervolles Land. Auch wenn es im Winter ein wenig zu kalt für meinen Geschmack ist, haha."

Camilla war ein wunderbarer Mensch, so herzlich und aufgeschlossen und das Gesicht, das sie machte, wenn sie lachte, ließ Oslo deutlich wärmer erscheinen, als es eigentlich war. Wir redeten über alles Mögliche, wie etwa über unser Leben vor Norwegen, unsere Lieblingsfilme, welche Musik uns gefiel und bald sogar recht private Dinge, wie den Tod ihrer Mutter oder mein kurzweiliger Aufenthalt in der Anstalt aufgrund schlimmer Panikattacken in meiner Kindheit. Es war wunderschön, sich mit ihr zu unterhalten, auch wenn es um besagte traurige Themen ging; ich fühlte mich ihr so nahe, fast so, als würde ich sie schon deutlich länger kennen und jeder Außenstehende hätte geglaubt, dass wir bereits seit Ewigkeiten beste Freunde wären. Allerdings drängte sich mir schon bald eine Frage auf.

„Du, ich will dich ja nicht abwimmeln oder so, aber warten deine Freundinnen denn gar nicht auf dich? Dafür, dass du mal eben für einen Knutscher gegangen bist, bist du ja inzwischen schon recht lange weg."

Diesmal lachte sie nicht, sondern lächelte verschmitzt, kicherte kaum hörbar und senkte den Kopf ein klein wenig beschämt, während ihre Wangen binnen Sekunden feurig rot wurden.

„Um ehrlich zu sein, bin ich heute Abend ganz alleine hier. Ich hab dich von Weitem schon eine Weile beobachtet, bevor ich den Mut hatte, zu dir hin zu gehen und da ich im Ansprechen eine totale Niete bin und mal in irgendeinem Psychologiemagazin gelesen habe, dass Männer auf direkte Anmachen stehen, bin ich einfach in die Offensive gegangen und hab mir dann diese alberne Ausrede ausgedacht, damit du mich nicht für völlig verrückt hältst."

Das war der Moment, in dem mein Herz einen Satz machte. Offenbar schienen manche noch so plumpe Anmachen gar nicht so dumm zu sein. Mein Glück war vollkommen. Nicht nur, dass ich endlich jemanden kennengelernt hatte, nein, es war auch noch so eine liebenswerte Schönheit wie Camilla gewesen, die sich als mein Anker in dieser Stadt erweisen sollte.

Wir unterhielten uns noch so lange, bis die Bar letztendlich schloss und selbst danach gingen wir so lange spazieren, bis die ersten Sonnenstrahlen am Horizont zwischen den Häusern Oslos zu sehen waren. Einen Monat später waren wir ein Paar.

Es war im Kino. „*The Lost Valentine*" hieß der Film, den Camilla unbedingt mit mir sehen wollte und als wir dort so im Auto saßen und sie sich an meine Schulter lehnte, griff sie plötzlich ganz zärtlich nach meiner Hand. Und zwar keine Zärtlichkeit, wie man sie erwarten würde. Stattdessen fasste sie mich so behutsam an, dass man meinen könnte, sie fürchtete mich zu zerbrechen. Für gewöhnlich war sie

18

immer recht selbstsicher und alles andere als zurückhaltend, daher verwunderte mich ihre schlagartige Nervosität schon ein wenig.

„Ich liebe dich," sagte sie so leise, dass ich sie kaum verstehen konnte.

Für ein paar Sekunden schwieg ich und sah sie einfach nur an. Ich strich sanft und ohne ein Wort zu sagen über ihre Wange und sie schmiegte ihren Kopf an meine Handfläche. Seit Monaten dateten wir uns nun schon und es war mehr als deutlich, dass das zwischen uns längst mehr als einfaches Ausgehen war, aber als ich es so zum ersten Mal von ihr hörte – es war perfekt. Sie war perfekt. *Wir* waren perfekt.

„Ich liebe dich auch."

...

Langsam schlug ich die Augen auf. Der Klang von Jonis Stimme war verstummt und das Feuer im Kamin war auf einen rauchenden Haufen glimmender Asche heruntergebrannt. Ich nahm kaum etwas wahr, war noch völlig verschlafen. Die weichen Hände von Camilla strichen über mein Handgelenk, meinen Arm empor, die Schultern entlang und schließlich den Nacken hinauf. Noch immer recht müde ertastete ich ihren Arm und begann, ihn zärtlich zu kraulen. Ihre Haut war ganz kalt, doch bei den Temperaturen, die zurzeit draußen vor der Tür herrschten war dies auch nicht unbedingt verwunderlich.

„Wie spät ist es?", fragte ich leise.

Keine Antwort.

„Wie war die Arbeit? Haben dich wieder irgendwelche betrunkenen alten Säcke angebaggert oder waren nur ein paar dieser spießigen und schleimigen Geschäftsmänner da?"

Auch diese Frage ließ sie unbeantwortet im Raum stehen. Entweder war sie selber schon fast eingeschlafen oder ich war einfach noch viel zu müde, um zu realisieren, dass ich einfach zu leise sprach. Daher gab ich meine kurze Smalltalk Routine recht schnell auf und genoss einfach nur ihre beruhigenden Streicheleinheiten. Mein Blick schweifte hinüber zu der kleinen Uhr über dem Kamin, deren Zeiger ich im Dunkeln wohl nie hätte ablesen lassen können, wenn sie nicht immer noch genau dieselbe Zeit wie vor einigen Stunden angezeigt hätte.

21:35, das verfluchte Ding war schon wieder stehen geblieben. Ich wollte immer, dass wir sie austauschen, doch für Camilla kam das überhaupt nicht in Frage, da es sich bei der Uhr um ein Erbstück ihrer Mutter handelte und außerdem meinte sie, es sei nur ein Zeichen dafür, dass die Zeit im wahrsten Sinne des Wortes stehen blieb, wenn wir zusammen waren. Allerdings musste es noch vor 2:00 Uhr sein, denn Camilla würde wohl kaum noch lange Spaziergänge durch die Stadt machen oder stundenlang neben mir auf dem Sofa sitzen bleiben, sondern sich wie immer noch schnell duschen und dann auf direktem Wege ins Bett begeben.

Plötzlich vernahm ich ein mir vertrautes Geräusch. Eines das ich bisher eher als lästig empfunden hatte, nicht jedoch als erschreckend, so wie es in diesem Moment der Fall war. Es war das unangenehme Knarren unserer Wohnungstür, das immer dann ertönte, wenn diese sich zu öffnen begann. Mit einem Mal war ich hellwach und sprang wie von der Tarantel gestochen vom Sofa auf.

„Du meine Güte, was ist denn mit dir los?"

Camilla stand mitten im Türrahmen, sah mich mit einem besorgten Blick an und ich konnte in ihren Augen glasklar erkennen, was sie dachte, als sie mich so verängstigt inmitten des Raumes stehen sah.

Nicht schon wieder die Alpträume. genau das

war es, was sie dachte.

Was würde er wohl als nächstes dafür verantwortlich machen und aus der Wohnung verbannen?

Diese Worte waren Camilla so deutlich ins Gesicht geschrieben, als hätte man sie ihr direkt auf die Stirn tätowiert. Arme Camilla. Diesen ganzen Ärger hatte sie wirklich nicht verdient. Am liebsten hätte ich gar nicht mehr geschlafen, um ihr mit meinen Alpträumen nicht länger die Nerven zu rauben. Sie benötigte all ihre Konzentration für das neueste ihrer Gemälde, welches bereits nächsten Samstag einen Platz in der Galerie haben sollte. Camilla nannte es immer ihre bestgelungenste Arbeit. Natürlich wollte ich auch gerne mal einen Blick auf ihr Meisterwerk werfen, doch Camillas eigenen Aussagen nach zufolge war es auch ihr bisher unheimlichstes Bild.

Ich konnte sie nur allzu gut verstehen. Wie oft hatte sie schon eine ihrer Vorlesungen verschlafen, weil sie des Nachts durch meine Schreie wachgehalten wurde und mich wieder beruhigen musste. Camillas Geduld mit mir war wahrlich beneidenswert, aber ich hatte nicht vor, sie noch weiter unnötig auszureizen.

„Es geht mir gut, Camilla."

Nicht gerade meine überzeugendste Lüge, aber ausreichend, um ihre Sorge um mich zu lindern und sie weitestgehend zu beruhigen. Keine zehn Minuten später lagen wir eng umschlungen im Bett und ich gab ihr einen Kuss auf die Stirn, als in ihren Augen abermals Zweifel aufzuleuchten begannen.

„Ist wirklich alles in Ordnung?", fragte sie leise.

„Ja wirklich, mir geht's gut. Ich habe mich nur erschrocken, weil ich schon so gut wie eingeschlafen war und dann dieses grässliche Knarren gehört habe."

„Dann ist gut," sagte sie immer leiser werdend und mit einem Lächeln auf den Lippen.

Sanft strich ich ihr durch ihr braunes, lockiges Haar, bis sie eingeschlafen war und bevor auch ich schließlich einschlief, dachte ich an jene Hand, die vor kurzer Zeit noch durch *meine* Haare gefahren und nach Camillas überraschender Ankunft plötzlich verschwunden war. War sie echt gewesen? Unmöglich; es war ganz einfach ein Traum. Allerdings hatte ich das beunruhigende Gefühl, dass es sich dafür viel zu real angefühlt hatte.

2

Wie in Zeitlupe schlug ich die Augen auf und
fing mit meiner Netzhaut die noch sanft
scheinenden, aber dennoch bereits blendenden
Sonnenstrahlen ein, die durch das weit
geöffnete Fenster fielen. Eine kühle Brise
wehte durch das Zimmer und streifte mein
Gesicht, als ich plötzlich die zärtliche
Berührung durch Finger auf meiner Kopfhaut
spürte. Völlig verschlafen sowie verschreckt
setzte ich mich auf und drehte mich in die
Richtung, aus der die Hand kam. Camilla lag,
noch vollkommen schlaftrunken, neben mir
und zog mit ihrem linken Arm an meiner
Schulter, sodass ich wieder zurück in meine
vorherige Position fiel.

„Was hast du denn?", murmelte sie müde. „Es
ist Samstag. Komm wieder ins Bett."

Wieder fuhr sie fort damit, mir durchs Haar zu
streichen. Ich mochte es nicht; zumindest nicht
in diesem Moment. Eigentlich gab es für mich
nichts Schöneres, als von Camillas
Streicheleinheiten geweckt zu werden, aber die
Erinnerung an den gestrigen Abend und die
alptraumhafte Hand verfolgte mich noch
immer und jagte mir weiterhin einen Schauer
über den Rücken, jedes Mal, wenn Camillas

Finger meinen Scheitel entlang strichen. Ich zögerte, war mir nicht sicher, ob ich ihrem Verlangen, mich zu berühren, nachgeben oder mir eine Ausrede einfallen lassen sollte, um im Badezimmer oder so zu verschwinden.

Ich schloss die Augen, gab mich ganz ihren Zärtlichkeiten hin, während ich wieder langsam in einen Dämmerzustand verfiel. Camilla begann nun sanft, meinen Rücken zu kraulen, wanderte über mein Schlüsselbein, meine Brust und meinen Bauch, bis ihre Hand meinen Schritt streifte. Es schien fast so, als würde die von ihr ausgelöste Erregung mich in einen tranceähnlichen Zustand gleiten lassen. Ich fühlte ein angenehmes Kribbeln in meinem Körper, welches noch von ihren Streicheleinheiten herrührte, und ich spürte wie mein Penis langsam steif wurde, als sie mit ihrer weichen Hand in meine Hose fuhr.

Leise stöhnte ich auf und meine Sinne, die noch aktiv waren, wie Hör-, Geruchs- und Tastsinn, blendeten meine Umgebung recht schnell vollständig aus und konzentrierten sich voll und ganz auf Camilla. Das Zwitschern der Vögel war verstummt, der Atem des morgendlichen Windes hatte sich aus dem Zimmer geschlichen, der Geruch der blühenden Blumen auf der Fensterbank war verdrängt worden und ich nahm auch nicht mehr den weichen Stoff des Bettbezugs unter meinem Körper wahr... beinahe, als würde ich schweben.

Ich spürte nichts mehr außer Camilla. Alles, was ich hörte, war ihr leises, gedämpftes Summen, der einzige Geruch, der sich Zugang zu meiner Nase verschaffen konnte, war der ihrer zarten Haut und alles, was ich fühlte, war ihre Hand in meinem Schritt, mit welcher sie meine Lust immer weiter steigerte. Sinnlich und beinahe schon mit einer übereifrigen Leidenschaft fuhr sie damit fort, mich zu befriedigen, bis ich schließlich, beinahe euphorisch, seufzte und sich warmes Sperma auf meinem Oberschenkel sammelte.

Meine Sinne konnten meine Umwelt Stück für Stück wieder erfassen und meine Wahrnehmung wiederherstellen. Der Duft der Blumen, das Zwitschern der Vögel und der Stoff meiner Bettwäsche; alles war wieder da. Der Klang von plätscherndem Wasser drang an meine Ohren und mit einem Grinsen, das ich mir nicht verkneifen konnte, stellte ich mir vor, wie Camilla unter der Dusche stand und sich wie eine Irre die Hände einseifte. Sie sagte immer, dass sie es liebe, mich in Ekstase zu erleben und es wahnsinnig erotisch fand, wenn sie mich zum Orgasmus brachte, aber mit Körperflüssigkeiten hatte Camilla so ihre

Probleme, weshalb sie nach jeder sexuellen Handlung, die mit einem Höhepunkt meinerseits endete, augenblicklich im Badezimmer verschwand, um zu duschen oder sich zumindest die Hände zu waschen.

Zwar betonte sie immer, wie leid es ihr tat – offensichtlich dachte sie, dass ich mich aufgrund ihres Verhaltens schmutzig oder gar eklig fühlen könnte, aber selbst die unerwähnenswerteste sexuelle Handlung mit ihr war das reinste Paradies. Sie hätte mich nach dem Sex sogar aus dem Bett stoßen können und ich wäre ihr trotzdem nicht böse gewesen, dafür liebte ich sie einfach viel zu sehr. Zudem verstand sie ihr *Hand*werk bestens. Nicht mal ich selber konnte es mir so gut besorgen, wie sie es tat. Viele Menschen beschwerten sich ständig über ihr Sexleben in der Beziehung, doch nicht ich, nein. Weder das, was sich im Schlafzimmer abspielte, noch irgendwelche anderen Themen hatten bei uns je zu Unzufriedenheit geführt.

In all der Zeit, die wir inzwischen zusammen waren, hatten wir uns noch kein einziges Mal gestritten. Nicht einmal, als ich sie ihre Bilder aus der Wohnung entfernen ließ.

Das prasselnde Geräusch des Wassers stoppte abrupt, ich hörte wie sich die Dusche öffnete und ein leises Plätschern ertönte, als Camilla aus dieser heraus trat, ihre nassen Füße auf dem Boden absetzte, sich abtrocknete und dann mit leicht müden Augen wieder zurück ins Schlafzimmer schlurfte. Mit einem breiten Grinsen nahm ich sie in Empfang; sie sah mich nur verwirrt lächelnd an.

„Was ist denn mit dir los?", fragte sie verdutzt.

„Weißt du eigentlich, wie sehr ich dich liebe?", entgegnete ich, ohne mein Lächeln verschwinden zu lassen.

„Vermutlich sehr, sonst hättest du bestimmt nicht diesen gierigen Ausdruck in den Augen," kam als Antwort zurück.

„Oh Mann, wenn ich nicht schon gekommen wäre, würde ich dir sofort das Handtuch runterreißen und..."

In ihren Augen blitzte plötzlich ein Hauch von Enttäuschung auf, was mich meinen Satz verwundert unterbrechen ließ.

„Ach, du hast schon? Na toll, ich geh' extra vorher duschen und du nutzt meine Abwesenheit indessen, um dein Handgelenk zu trainieren."

„Jetzt fang nicht an, die Unschuldige zu spielen. Du weißt doch genau, was du getan hast, " erwiderte ich kess und noch immer mit einem Grinsen im Gesicht.

„Ähm... offen gestanden habe ich absolut keine Ahnung, wovon du eigentlich sprichst."

Ihre Lippen formten ein leicht verschmitztes Lächeln, mit dem sie jedoch lediglich ihre zunehmend ansteigende Verwirrtheit zu vertuschen versuchte.

„Ach komm; ich weiß ja, man sagt „*dumm fickt gut*", aber die Rolle der Ahnungslosen steht dir nicht so gut, Camilla. Dafür finde ich deine Intelligenz viel zu sexy."

„Hm... ich fühle mich geschmeichelt, aber ich bin vor über fünf Minuten im Badezimmer verschwunden und da hattest du weder dein Teil in der Hand noch diesen beachtlichen weißen Fleck auf deinem Bein."

Für einen Moment herrschte ein beinahe unerträgliches Schweigen zwischen uns und das Grinsen in meinem Gesicht wurde binnen weniger Sekunden einfach weggewischt.

„Mikal? Was ist los?"

Nun war auch Camillas gequältes Lächeln vollends einer ernsten Miene gewichen.

„Mikal!"

Ihre Stimme wurde fordernder, so als wolle sie mich aus jenem Dämmerzustand wecken, in welchem ich bis vor kurzem noch verweilt hatte und die Berührung von Camillas Händen genoss. Falls es denn überhaupt ihre Hände gewesen waren.

„J-Ja. Alles gut; ich war nur – ich habe... ich hätte schwören können, dass du neben mir gelegen hast."

„Baby, das war dann wohl einfach nur ein Sextraum; deshalb musst du doch nicht gleich Panik schieben."

Camilla klang beruhigt und ihr gerade noch so skeptischer Blick wich einem erleichterten Lächeln.

„Was glaubst du, wie oft ich schon im Schlaf eine Nummer mit Hugh Jackman und Ryan Reynolds geschoben habe? Trotzdem habe ich danach nicht so ein entsetztes Gesicht gezogen, wie du es gerade tust."

Mit leicht wässerigen Augen schaute ich zu ihr auf und mein Blick suggerierte ihr, ohne Spielraum für irgendwelche Interpretationen zu lassen: *Es passiert schon wieder.*

Camilla setzte sich zu mir, legte ihren Arm um meine Schulter und gab mir einen Kuss.

„Wir stehen das gemeinsam durch", sagte sie, bevor sie noch näher mit ihren Lippen an mein Ohr heran kam und flüsterte:

„Außerdem finde ich es wunderschön, dass du sogar in deinen Träumen nicht an andere Frauen, sondern nur an mich denkst."

Ich hob meinen Kopf, den ich zunächst beschämt von ihr abgewandt hatte, sah ihr in die leuchtend grünen Augen und küsste sie. Wie schon so oft stand Camilla mir bei; sie war mein Fels, mein Schutzengel und sie gab mir so viel Kraft. An manchen Tagen fühlte ich mich wie ein großer Wald, der langsam starb, doch Camilla war stets für mich da, wie eine mich vor jeglichem Schaden bewahrende Naturgewalt oder gar Mutter Natur selbst. Sie war die Wärme, die mich behütete, die Erde, die mir Halt gab, der Regen, durch den ich gedieh und das Licht, das mich aufblühen ließ. Egal, wie nahe ich am Rande des Abgrundes stand, ich konnte darauf zählen, dass Camilla mich auffing.

„Was hältst du davon, wenn wir heute Nachmittag ein Eis essen gehen und uns am Abend einen Film im Kino anschauen?"

Ihr Vorschlag gefiel mir und ich bejahte mit einem kurzen Nicken.

<u>3</u>

Eis und Kino – das war eine Kombination, die meine Nerven immer zu beruhigen vermochte und Camilla wusste das besser als jeder andere. Gesagt getan; keine zwei Stunden später saßen wir auf einer gemütlichen Bank direkt neben dem großen See, der sich mittig im Stadtpark befand, beide jeweils eine große Eiswaffel in der Hand haltend. Mein Blick schweifte über die Wasseroberfläche, die aufgrund der Windstille spiegelglatt war und tatsächlich reflektierte sie sämtliche Bäume, Vögel und Menschen wider, die sich über den See erstreckten oder an seinem Ufer standen. Meine Augen erfassten einen Erpel, der wenige Meter vor uns entlang watschelte und uns neugierig anzugucken schien.

Aus einer der vielen Erinnerungsschubladen meines Kopfes kramte ich plötzlich völlig unfreiwillig eine Information hervor, die ich vor einiger Zeit mal irgendwo im Internet aufgeschnappt hatte. Der 'brisante' Fakt beschrieb eine krankhafte Furcht namens Anatidaephobie; die Angst davor, dass man von einer Ente beobachtet und verfolgt werde. Klingt natürlich absolut lächerlich, doch diese und viele andere fragwürdige Phobien existieren tatsächlich und inzwischen sah ich mich ebenfalls als Mitglied der 'Dämliche-Ängste-Community'. Manch einer fürchtete sich vor Spionage-Enten, ein anderer hatte eine starke Abneigung gegen Knöpfe und mit Sicherheit gab es irgendwo auf der Erde einen Menschen, der glaubte, dass der Mond ein riesiger PacMan sei, der uns schon sehr bald alle verschlingen würde.

Und dann gab es mich; den jungen norwegischen Studenten, der vermutlich schon bald jedes Mal eine Gänsehaut bekommen sollte, wenn er Hände sah oder Gott bewahre von ihnen berührt wurde.

„Woran denkst du?", fragte Camilla leise und legte ihren Kopf auf meine Schulter.

„Manchmal...", begann ich nachdenklich und deutete mit dem Finger an den vor mir herum stolzierenden Erpel. „Manchmal wäre ich gerne wie einer dieser vielen Vögel, frei dazu alles zu tun, was ich möchte, ohne Verpflichtungen, und wenn es mir an einem Ort nicht gefällt, fliege ich einfach zum nächsten."

„Ich hoffe doch nicht, dass du planst mir davonzufliegen."

Ich wandte meinen Blick von dem grünen Haupt des Entenvogels ab und gab Camilla einen Kuss auf die Stirn.

„Das könnte ich niemals tun... du bist meine Flügel, ohne dich fliege ich nirgendwo hin."

Glücklich legte sie ihren Arm um meine Hüfte und entgegnete in einer ebenfalls übertrieben gehobenen Sprache:

„Und du bist das Blut in meinen Adern, das dem Schlagen meines Herzens erst eine Bedeutung gibt."

Sie sah zu mir auf und begann laut zu lachen als sie realisierte, welch vornehme Wortwahl sie doch soeben verwendet hatte, die sie selber immer als lächerlich theatralisch empfand. Um dieser schnöselhaften Bemerkung sogleich wieder entgegenzuwirken, ließ Camilla allerdings noch einen weiteren Satz folgen.

„Andererseits ist das keine schlechte Idee. Als Ente könnte ich all meinen nervigen Kommilitonen auf den Kopf kacken. Momentan würde ich damit wohl nicht so glimpflich davon kommen."

In der Ferne begann die Sonne schon langsam damit, hinter den ersten hohen Gebäuden zu verschwinden und die Abenddämmerung einzuleiten. Im Schein der aufleuchtenden Straßenlaternen und Hand in Hand gingen Camilla und ich in Richtung des Kinos.

Was sie sich mit mir ansehen wollte, wusste

ich noch gar nicht; sie wollte mich ja unbedingt überraschen, aber auch wenn das Eis mich ein wenig zu beruhigen vermochte, so war ich trotzdem nicht in der Stimmung für Überraschungen. Ich hoffte innerlich nur, dass sie mich nicht ohne mein Wissen in einen Horrorfilm schleifen wollte. Zwar war dieser ganz neumodische Müll weder erschreckend noch angsteinflößend und in den letzten Jahren waren sämtliche Genrevertreter eh nur noch aufgewärmte oder ganz und gar kopierte Themen, aber dennoch sah ich mich momentan nicht in der Verfassung, mir ein derartiges filmisches Werk zu Gemüte zu führen.

Allerdings bezweifelte ich, dass Camilla mir zurzeit einen Horrorfilm zumutete, außer sie versuchte mich einer Art Schocktherapie zu unterziehen, sodass ich abstumpfte und mich vor nichts mehr fürchtete. Jedoch bestand ja schon ein deutlicher Unterschied zwischen einem Duo von Dämonologen die eine Geisternonne jagten, und einer körperlosen Hand, die mich heimzusuchen schien.

Erstere konnte ich schließlich von meinem sicheren Kinositz aus beobachten, mit der Gewissheit, dass es sich bei all dem um reine Fiktion handelte, während sich das andere erschreckend schnell Zugang zu meinem täglichen Leben verschaffte.

…

Wobei – war sie wahrhaftig körperlos gewesen?
Ich hatte nicht einmal die Hand selbst gesehen,
sondern lediglich ihre Berührung auf meiner
Haut gespürt. War es, wie ich hoffte, nur eine
eingebildete Hand oder gar Teil einer ganzen,
womöglich feindselig gesonnenen, Wesenheit?
Nein; das war verrückt und dessen war ich mir
auch jede einzelne Sekunde bewusst, aber ich
konnte einfach beim besten Willen nicht
vergessen, wie unfassbar real sich diese
Berührung an mir angefühlt hatte. Etwas
Derartiges war mir noch nie zuvor in einem
Traum widerfahren.

Ich meine, natürlich hätte ich die ganze
Geschichte nach dem ersten Vorfall als
einfaches Hirngespinst abtun können, obgleich
sich jene zarten Finger schon sehr echt auf
meinem Körper anfühlten, aber besonders
mein zweites Erlebnis ließ mich stark daran
zweifeln, dass es nur eine einfache Einbildung
war. Eine Hand, die mich berührte, war eine
Sache, aber ich war davon überzeugt, dass es
einer Halluzination nicht möglich hätte sein
sollen, mir einen runterzuholen, auch wenn es
laut Camilla die naheliegendste Erklärung war.

Und selbst wenn es sich um Einbildung

handelte, warum ausgerechnet eine Hand und weshalb um alles in der Welt sollte sie sexuelle Tätigkeiten von Camilla nachahmen wollen? Hätte Camilla mich verlassen, so hätte ich es zumindest als schmerzlindernde Tagträume abtun können, aber sie und ich waren so glücklich wie eh und je. Nach einer Weile des Grübelns begann ich bereits damit, Parallelen zu Filmen wie 'It Follows' oder Legenden wie der des Succubus zu ziehen, als Camilla mich aus meinen Gedanken riss, die alles andere als gesundheitsfördernd für meinen Verstand waren.

Abrupt blieben wir vor dem Kino stehen.

„Deadpool 2. Ich hoffe, das wird ausreichen, um dich abzulenken, Mikal", sagte sie mit einem breiten Lächeln im Gesicht.

Innerhalb weniger Minuten saß ich mit einem 1 Liter Becher Cola und Nachos im Schoß auf einem der Kinosessel und grinste von einem Ohr zum anderen. Ich fühlte mich wie ein kleiner Junge, der zum ersten Mal in seinem Leben vor der großen Leinwand Platz genommen hatte. Mein erster Kinofilm war ebenfalls ein Superheldenfilm gewesen; 'Spiderman 2', um genau zu sein, somit ließ mich Deadpool auf eine makabre Art und Weise noch einmal ein fünfjähriges Kind sein; einer der wenigen Abschnitte in meinem

Leben, in welchem ich am wenigsten Sorgen und Ängste besaß.

Gerade, als sich der Vorhang öffnete und ich nach meiner Cola griff, spürte ich auf einmal die Finger einer zarten Hand, die mir sanft auf die Schulter tippten... auf meine linke Schulter – Camilla jedoch saß rechts von mir. Erschrocken fuhr ich herum und blickte in die Augen einer jungen Frau, die sich durch meine Reaktion noch mehr erschrocken zu haben schien, als ich es getan hatte.

„Ähm... oh mein Gott, tut mir leid, ich wollte dich nicht erschrecken. Ich... ich wollte nur sagen, dass du auf meinem Platz sitzt und fragen, ob du eventuell einen Sitz weiterrutschen würdest."

So weit war es also schon gekommen; jetzt jagten mir bereits höfliche junge Damen im Kino einen Schrecken ein. Etwas verlegen stand ich auf.

„N-na klar, sorry, dass ich so ausgeflippt bin. War wohl schon irgendwie in die Leinwand vertieft gewesen."

Mit einem jeweiligen Lächeln taten wir die Sache ab und ich ging in Richtung des freien Platzes rechts neben Camilla, die mich schon wieder mit diesem besorgten Blick ansah. Ich versuchte mir wieder ein Lächeln ins Gesicht zu erzwingen, doch dieser Versuch fand ein jähes Ende, als ich plötzlich stolperte, vornüber fiel und dabei sowohl die Cola als auch die Nachos aus meinen Händen gleiten ließ. Fest davon überzeugt an irgendetwas hängen geblieben zu sein, drehte ich mich nach dem um, das ich im Augenblick des Fallens für den Fuß meiner Nachbarin oder den Stuhl gehalten hatte, doch weit gefehlt. Denn nun erblickte ich voller Entsetzen wie unter dem Sitz, auf dem ich gerade eben noch gesessen hatte, fünf lange Fingerspitzen über den Boden kratzten und sich langsam aber sicher in den Schutz der Dunkelheit zurückzogen!

Ich hatte sie gesehen. Sie waren wahrhaftig da gewesen! Ich hatte sie mir also doch nicht eingebildet. Halluzinationen konnten mich schließlich nicht körperlich angreifen und falls es dennoch welche waren, so hatte ich wohl inzwischen vollends den Verstand verloren, wenn sie inzwischen schon so unfassbar real geworden waren.

Etwas folgte mir, quälte mich, doch ich war mir noch immer nicht sicher, ob es sich dabei um eine dämonische Präsenz oder puren Wahnsinn handelte. Nachdem der Impuls endlich an mein Gehirn weitergeleitet wurde und ich das, was sich soeben vor meinen eigenen Augen abgespielt hatte, zu verarbeiten vermochte, ergriff mich schließlich die blanke Panik und ich stieß einen lautstarken Schrei aus meinen Lungen heraus, der wohl jeden im Saal und vermutlich auch im gesamten Gebäude hatte erstarren lassen.

4

Zwei der gerufenen Polizeibeamten waren
nötig gewesen, um mich unter Kontrolle zu
bekommen und mich letztendlich halbwegs zu
beruhigen. Camilla vereinbarte noch am
selbigen Tage einen Termin mit einem
Psychologen. Ich kam mir so unfassbar
schlecht vor. Nicht nur, weil ich offensichtlich
verrückt geworden war, sondern weil ich nun
auch noch Camilla mit in dieses scheußliche
Dilemma mit hineingezogen und sie diesem
Horror und dieser öffentlichen Demütigung
ausgesetzt hatte.

Nur, weil sich innerhalb meines Kopfes lauter
Alptraumszenarien manifestiert hatten, war sie
nun dazu gezwungen, in einem solchen zu
leben. Durch ihr Kunststudium hatte Camilla
glücklicherweise Kontakte zu diversen Leuten,
unter denen sich auch eine gewisse junge Frau
namens Ingunn befand, deren Vater ein recht
bekannter Vertreter unter Oslos Psychologen
war.

Bereits am Montagmorgen lag ich in einem
schummerigen Zimmer auf einer schwarzen,
ledernen Couch. Camilla selbst hatte auf
einem Stuhl neben mir Platz genommen und
mir gegenüber saß ein großer, in braun

gekleideter Mann mit einem nur allzu deutlich aufgesetzten Lächeln. Ich vermied den Blickkontakt mit ihm. Vielleicht bildete ich mir das alles nur ein, immerhin wäre es offenbar nicht die einzige Sache, die ich mir in letzter Zeit einbildete, aber es wirkte auf mich beinahe so, als würde er mich skeptisch, ja beinahe vorwurfsvoll, anstarren, weshalb ich mit meinem Blick die meiste Zeit an der Decke verweilte. Zu Camilla wagte ich es ebenfalls nicht hinüberzusehen. Ich bin sicher, sie hätte es sich gewünscht, doch es war mir in einer solchen Situation einfach zu peinlich, auch nur einen Blick mit ihr auszutauschen.

Alles lief doch so blendend. Wir waren überglücklich, unternahmen so viel gemeinsam, hatten einfach eine unvergessliche Zeit, der noch so viele schöne Momente in der Zukunft folgen sollten und jetzt saßen wir beim Psychiater, weil sich mein Verstand urplötzlich dazu entschlossen hatte, mich mit Wahnvorstellungen von stinknormalen Händen zu plagen, die unter Kinositzen lauerten wie welche von diesen widerlichen Trichternetzspinnen.

„Mikal Olsen?"

Ich drehte mich zu ihm um, wobei ich nun erstmals erkannte, dass er inzwischen ein Tonbandgerät hervorgeholt und dieses

42

eingeschaltet hatte.

„Das ist mein Name."

„Sehr gut. Sie haben mich aufgesucht, da Sie laut eigener Angaben unter Wahnvorstellungen leiden, stimmt das?"

„Das ist korrekt."

„Und gehe ich recht in der Annahme, dass Sie etwas Derartiges zuvor noch nie erlebt haben?"

„Das ist zuvor noch nie passiert..."

„Gut. Sie gaben an, dass sie von Händen heimgesucht werden, die sich Ihnen an allen möglichen Orten zu jedem erdenklichen Zeitpunkt scheinbar willkürlich offenbaren, richtig?"

„Ja."

„Erzählen Sie mir von den Händen", sagte er in einem etwas zu ruhigen Tonfall, während er mich starr mit seinen eisblauen Augen, die durch dicke Brillengläser hindurch zu mir hinüberschauten, fixiert zu haben schien.

„Naja", begann ich und fing an, nervös über das raue Leder des Sofas zu kratzen.

„Sie – Sie sind plötzlich einfach da, wissen sie?"

„Erzählen Sie mir davon."

„Die Hände... sie tauchen einfach völlig unerwartet auf. Es ist ja nicht mal so, dass ich vorher an sie denke, nein, sie sind ganz plötzlich einfach da, bei vollkommen normalen Tätigkeiten, wie beim Frühstücken oder so."

„Wann war Ihre erste Begegnung mit den Händen?"

„Vor etwa drei Tagen... nachts, bei mir zuhause."

„Was genau hat sich an diesem Abend ereignet, Mikal?"

„Ich habe geschlafen und... und bin dann aufgewacht, weil mich jemand – etwas – gestreichelt hat."

„Und Sie sind sich sicher, dass es sich nicht auch um einen ganz gewöhnlichen Traum gehandelt haben könnte?"

„Zunächst hatte ich Zweifel, natürlich. Ich bin auch fest davon ausgegangen, dass es nur ein Traum gewesen war, aber auch nur, weil ich es für unmöglich hielt, dass es echt sein konnte. Wer würde auch ein derartiges Erlebnis für voll nehmen, wenn es ihm passieren würde? Aber inzwischen fühlt es sich einfach zu real an, als dass ich es *nur* für einen Traum halten könnte. Ich war fest davon überzeugt, dass es Camilla war, die neben mir saß und mich streichelte; das war nicht wie eine Art Tagtraum... irgendetwas hat mich berührt und wenn es nicht Camilla war – dann muss es etwas anderes gewesen sein."

Mit einem Ausdruck aus Schuld und Entsetzen blickte ich hinüber zu Camilla, deren Haut inzwischen eine geisterhafte Blässe angenommen hatte und es fiel mir immer schwerer zu sagen, wem von uns beiden die vergangenen Ereignisse mehr zusetzten. Alles, was ich mit Sicherheit wusste, war, dass mir allein vom bloßen Schildern der letzten Tage der kalte Schweiß auf der Stirn ausbrach.

„War dies alles, was die Hand getan hat?"

„Ja - und als Camilla dann plötzlich zur Tür hereinkam, war sie mit einem Mal verschwunden."

„Haben Sie auch an diesem Abend die Hand erstmals gesehen?"

„Nein. Erst vorgestern im Kino."

„War sie Teil eines Körpers? Ich meine, konnten Sie einen Arm oder gar Rumpf erkennen?"

„Weder noch. Ich konnte gerade noch das dazugehörige Handgelenk erkennen, aber der

Rest des Körpers, falls es denn tatsächlich einen geben sollte, war bereits vollends von der Dunkelheit verschluckt worden."

„Leiden Sie unter Verlustängsten?"

„Nicht, dass ich wüsste."

„Gehörten die Hände, die Sie gesehen haben, einer Person, die Sie kennen? Sie sprachen davon, dass es sich angefühlt hätte, als wäre es Ihre Freundin, die Sie anfasste. Waren es ihre Hände?"

Ich sah abwechselnd gehetzt zu Camilla und Dr. Hansen.

„Ich weiß es nicht, wirklich nicht. Ich meine, ich dachte zumindest immer, dass es Camilla war, aber auch nur weil, naja... wer hätte es denn sonst sein sollen? Aber wenn ich so genau darüber nachdenke, kann ich nicht mit Sicherheit sagen, dass es tatsächlich ihre Hände waren."

„Ich würde Ihnen gerne einen Vorschlag unterbreiten, Mikal. In einem Dorf, nahe Stockholm, gab es vor einigen Jahren nämlich einen Fall, der dem Ihren sehr ähnlich ist. Ein kleiner Junge, der seine Mutter in einem tragischen Autounfall verloren hatte, spürte hin und wieder ihre Hände an seinem Körper. Sein Psychologe gab später in seinem Bericht an, dass der Junge somit versuchte, über den Verlust hinweg zu kommen, indem sein Verstand einige der gewohnten Berührungen durch seine Mutter, wie einen Kuss auf die Stirn oder das Streicheln der Wange, festhielt und mithilfe dieser Erinnerungen echten physischen Kontakt simulierte. Einen ähnlichen Ursprung könnten auch Ihre Wahrnehmungsstörungen haben."

„Und – und wie meinen Sie könnte man diese Störung wieder in den Griff kriegen?"

„Nun zu Anfang wusste keiner, warum der Junge fühlte, was er fühlte und man war sich auch nicht sicher, auf was seine Empfindungen zurückzuführen waren, bis sein Psychologe zur Anwendung von Hypnose griff. Somit wollte er herausfinden, ob die Berührungen, die er spürte, von einer Person stammten oder gar keinen konkreten Ursprung besaßen. Während der Hypnose konnte der Junge dann mit absoluter Sicherheit mitteilen, dass es seine Mutter war, von welcher diese unheimlichen Berührungen stammten, doch mithilfe einer viermonatigen Therapie und wöchentlicher Trauerberatung konnte er vollständig von seinem Leiden befreit werden. Was sagen Sie dazu, Mikal?"

„Sie meinen also, ich soll mich hypnotisieren lassen?"

47

„Ganz recht. Von mir aus sofort, falls Ihnen das recht sein sollte."

Nervös sah ich zu Camilla, die dazu ansetzte mir ermutigend die Hand auf meinen Oberschenkel zu legen, doch ich zog mein Bein beinahe reflexartig weg, so wie man seine Finger eilig von einer heißen Herdplatte wegzog. Da erblickte ich sie wieder – die Enttäuschung in Camillas Augen, die sie zwar zu verbergen versuchte, aber die dennoch so offensichtlich war, dass sie sich das gleich von Anfang an hätte sparen können. Und noch dazu war ihre Enttäuschung mehr als nur berechtigt. Verdammt, nun ging diese Angst schließlich schon so weit, dass ich mich davor fürchtete von meiner eigenen Freundin angefasst zu werden!

„Was muss ich tun?"

Sie wirkte erleichtert und lächelte mir aufmunternd zu, während Dr. Hansen mich dazu anwies, ganz entspannt auf der Couch zu liegen und die Augen zu schließen.

„Sein Sie ganz ruhig und hören Sie nur auf den Klang meiner Stimme. Ich werde nun das leise Ticken eines Metronoms zur Hilfe nehmen. Lauschen Sie seinem Klang und spüren Sie, wie Ihre Atmung langsam ruhiger wird. Mikal, Sie stehen jetzt vor einer langen

Treppe, die in die Dunkelheit führt. Folgen Sie der Treppe – Stufe... für Stufe. Um Sie herum wird es nun langsam immer dunkler... Lassen Sie die Dunkelheit zu, es kann Ihnen nichts geschehen. Lassen Sie sich einfach darauf ein und erlauben Sie der Schwärze, Sie wie eine Decke zu umhüllen. Sie nähern sich dem Ende der Treppe. Es liegen nur noch sechs Stufen vor Ihnen, die Sie hinabschreiten müssen. Bald haben Sie das Ende erreicht, die Dunkelheit verschlingt Sie immer weiter.

Fünf...

Vier...

Drei...

Zwei...

Eins...

…

„Mikal, Sie stehen nun im Dunkeln. Versuchen Sie, sich jetzt an den Abend zurückzuversetzen, an welchem Sie sich zum ersten Mal mit der Hand konfrontiert sahen."

Ich tat, was er sagte. Ich erinnerte mich; an das schöne Gefühl, das meinen Körper durchströmte, als die Hand über meine Haut strich. Ich erinnerte mich daran, wie bequem sich das Sofa unter meinem ermüdeten Körper angefühlt hatte und wie sich das Kissen sanft an meinen Kopf schmiegte, während ich vor mich hin döste.

Und besser als an alles andere erinnerte ich mich an das Entsetzen, das mich packte, als ich erkannte, dass es nicht Camillas Hand war, die mich gestreichelt hatte , sondern etwas völlig Anderes, etwas Grauenvolles... etwas Böses.

„Mikal. Um Sie herum breitet sich nun ein schummeriges Licht aus, das immer heller und heller wird und sobald die Dunkelheit diesem Licht gewichen ist, stehen Sie in Ihrer Wohnung in genau dem Raum, in welchem alles angefangen hat."

Seine Stimme klang wie aus weiter Ferne. Als stünde ich inmitten einer Höhle, während Dr. Hansen mir vom Eingang aus hinterher rief. Was er sagte, wurde wahr. Es wurde heller... meine Wohnung; genau wie an jenem Abend. Das flackernde Kaminfeuer, die stehengebliebene Standuhr, das Weinglas auf dem Tisch und der Musik von sich gebende Plattenspieler und noch etwas.

„Mikal, sagen Sie mir ganz genau, was Sie sehen."

„Ich sehe mich auf dem Sofa – schlafend. Die

Hand...“

„Was tut die Hand, Mikal?“, fragte Dr.
Hansens Stimme, die wie durch ein Mikrofon
durch meinen Kopf hallte.

„Sie berührt mich, streicht über meinen
Körper und... und wieder über den Stoff des
Sofas.“

„Wo endet die Hand, Mikal? Mikal, hören Sie
mich? Die Hand, Mikal, wo endet die Hand?“

Ich schwieg. Ich versuchte, den Ursprung
dieses Dings ausfindig zu machen, doch...

„Nirgendwo,“ brachte ich gerade noch hervor,
bevor ich vor lauter Panik vollends die
Beherrschung verlor.

„Diese verdammte Hand hängt nirgendwo
dran! Das Scheißteil wächst einfach so aus
dem Kissen heraus!“

„Mikal, beruhigen Sie sich. Das ist nur eine
Erinnerung. Nichts davon ist echt.“

„Nein, Doktor Hansen! Es ist keine
Erinnerung! Wie kann ich mich an etwas
erinnern, das nicht passiert ist?!“

Der blanke Horror begann von meinem Körper
Besitz zu ergreifen. Diese Hand, diese
körperlose geradezu dämonische Hand! Das
Kratzen über den Stoff der Couch wurde

immer lauter. Dr. Hansens Stimme leiser und leiser und ich stand wie angewurzelt da und starrte voller Entsetzen auf die Stelle, an welcher sich zum allerersten Mal eines dieser schauderhaften Szenarien ereignet hatte.

Mit einem Mal war da etwas... ein Geräusch, das vorher noch nicht da gewesen war und dass ich auch nicht in jener verhängnisvollen Nacht vernommen hatte - und noch dazu war da dieser Geruch, der sich zunächst langsam und dann immer stärker zu intensivieren begann.

„Mikal. Können Sie mich verstehen?"

„Irgendwas stimmt nicht, Doktor Hansen."

„Wovon sprechen Sie Mikal? Was ist los? Was sehen Sie?"

Seine Stimme wurde immer undeutlicher, sodass ich sie kaum noch verstehen konnte.

„Hier ist noch etwas anderes," brachte ich ängstlich hervor, während ich mich verzweifelt und angsterfüllt im Raum umsah, um den Ursprung dieses Geräusches und dieses scheußlichen Geruchs ausfindig zu machen

„Mikal...?"

„Dr. Hansen... dieser Gestank."

„Was für ein Gestank?"

...

„Fleisch. Es riecht nach verbranntem Fleisch."

Meine Augen suchten jeden Zentimeter des Zimmers ab, bis sie schließlich den Kamin erfassten und in mir das Gefühl von Übelkeit emporstieg... Hände! Schwarze, stellenweise bis auf die Knochen verbrannte Hände krochen aus den lodernden Flammen hervor und kratzten über das inzwischen völlig verkohlte Holz. Die Fingernägel, welche durch das Feuer ebenfalls eine dunkle Färbung angenommen hatten und mit Rissen bedeckt waren, schabten immer tiefer werdende Furchen hinein, wodurch sie sich entweder mit einem ekelerregenden Knacken vom Nagelbett lösten und abrissen oder spitze Splitter unter die Nägel drangen und sich in die geschwärzte Haut bohrten. Der Anblick war widerwärtig und in meiner Speiseröhre bildete sich ein großer Kloß, der sich langsam seinen Weg in meinen Rachen hinauf bahnte.

„Mikal, was sehen Sie? Mikal? Mikal!"

„Hände, Dr. Hansen! Es sind noch mehr!"

„Mikal, hören Sie jetzt bitte nur noch auf den Klang meiner Stimme. Beruhigen Sie sich und..."

Dann war sie verstummt. Das Kratzen hatte Dr. Hansens Stimme vollends verdrängt, wurde immer lauter und als ich es endlich geschafft hatte, meine Augen von dem abscheulichen Schaubild abzuwenden, durchfuhr ein Impuls des puren Terrors meinen zitternden Körper. Sie waren überall. Hände... sie wuchsen aus den Wänden, den Möbeln, dem Boden und krallten sich geifernd an meinen auf dem Sofa liegenden Leib, rissen ihm die Klamotten herunter und kratzten tiefe blutige Wunden in sein Fleisch.

Sie waren wie ein Rudel Wölfe, das ein hilfloses Hirschkalb in Stücke riss. Ich war nichts weiter als ein wehrloses Beutetier für sie und als eine der Hände plötzlich lange klauenähnliche Krallen ausfuhr und meinem noch immer schlafenden Ich den Hals zerfleischte, schrie ich laut auf und wurde wie von einem mächtigen Sog nach hinten gezerrt, nur um kurz darauf schweißgebadet und zitternd auf der Couch von Dr. Hansen wieder zu mir zu kommen.

Das schwarze Leder, auf dem ich in Trance gefallen war, war nun von meinem Erbrochenen geflutet und ich begann mehr und mehr den bitteren Geschmack meines hervorgewürgten Mageninhalts zu schmecken, während sich dessen beißender Geruch wie ein

Wurm unbarmherzig in meine Nase zu fressen begann.

Verstört und hilfesuchend sah ich mich um und blickte zu Doktor Hansen, der sich tief in seinen Sessel gedrückt hatte, so als würde er rückwärts von mir davor kriechen wollen. Sein Blick strahlte eine starke Unruhe aus, doch am meisten schockierte es mich, in welchem Zustand Camilla sich inzwischen befand. Sie hatte sich in die Ecke gekauert, die Arme fest um ihre Knie geschlungen und es schien beinahe so, als ob sie noch viel entsetzter war als ich, so weit wie sie ihre roten und verweinten Augen aufgerissen hatte.

„Camilla, ich...," brachte ich angsterfüllt stotternd hervor.

Ich stand auf und wollte auf sie zugehen, doch nach dem ersten Schritt, den ich tat, wurde mir schwarz vor Augen und ich spürte nur noch, wie ich taumelte und zu Boden fiel. Noch bevor mein plötzlich bleischwerer Kopf auf dem Boden aufschlug, hatte ich bereits mein Bewusstsein verloren.

5

Meine Augen waren noch geschlossen, als ich
erwachte und eine ruhige Stimme vernahm,
die etwas sagte, was ich akustisch nur sehr
schwer verstehen konnte.

„Es ist alles in Ordnung. Bleiben Sie ganz
ruhig."

Fast zeitgleich strich eine zarte Hand über
meine Schulter und ich riss entsetzt die Augen
auf, nur um in das Gesicht einer völlig
verwirrten Krankenschwester zu blicken. Sie
hätte mir auch gleich eine Spritze Adrenalin
injizieren können, es hätte wohl denselben
Effekt erzielt, denn ich war augenblicklich
wach und schnellte nach oben, während meine
Muskeln zu beben begannen. In dem Moment
vernahm ich den Laut einer sich öffnenden Tür
und als ich meinen Blick von der jungen Frau,
die neben meinem Bett stand, abwandte, um
nachzusehen, wer soeben den Raum betreten
hatte, starrte ich in die weit geöffneten Augen
von Camilla.

Das strahlende Grün ihrer Iriden schien blasser
als sonst und der Grund hierfür war auch mehr
als offensichtlich. Es war wieder einer dieser
Momente, in denen ich mich wie ein
sterbender Wald fühlte. All meine bisherigen

Sorgen und Nöte entsprachen Dürren, Überschwemmungen oder sogar zerstörerischen Bränden, aber das hier war so, als hätte man mehrere Tonnen Giftmüll in jenen Wald geschüttet, welcher seither mein Leben repräsentierte. Und gegen diesen konnte nicht einmal Camilla etwas tun. Im Gegenteil. Sie litt ebenfalls unter dieser zerstörerischen Kraft, die mich ergriffen hatte. Ich sah es von der ersten Sekunde an in ihren Augen... sie war am Ende... genau wie ich.

„Hey ich habe ihnen doch gesagt, dass sie ihn auf keinen Fall anfassen sollen, wenn er wieder zu sich kommt! Sehen Sie jetzt, wieviel Angst ihm das macht?!"

„Entschuldigung, ich..."

Eingeschüchtert von Camillas erbostem Auftreten senkte die immer noch sichtlich verunsicherte Krankenschwester ihren Kopf, brach ihren Satz ruckartig ab und verließ eiligen Schrittes das Zimmer. Camilla trat zu mir ans Bett, nahm mich in den Arm und sofort rannen Tränen über ihr Gesicht.

„Was geht hier nur vor. Das alles... sowas geschieht doch nicht einfach über Nacht."

Ich selber konnte nichts sagen, hielt sie einfach nur in meinen Armen. Eine gefühlte Ewigkeit behielten wir diese Position bei und auch

Stunden später verweilte Camilla bei mir im Zimmer. Dr. Hansen hatte mir nach dem Zwischenfall in seiner Praxis einige Psychopharmaka verschrieben und ich betete zu Gott, dem Schicksal und zu allem, was mir heilig war, dass sie wirken würden. Die Sonne ging unter, das Licht des Mondes fiel durch das Fenster und zum ersten Mal seit meiner Kindheit verspürte ich geradezu panische Angst vor der Dunkelheit.

6

Die Bewegungsmelder in den Fluren vor der Tür meines Krankenzimmers hatten auch schon seit nunmehr einer halben Stunde keine vorbeikommende Person erfasst. So wurde mir sogar das helle Licht der Deckenlampen verwehrt, die sonst die Gänge erleuchteten. Was die Dunkelheit allerdings noch deutlich unerträglicher machte, war diese Stille, die mich umgab. Wie unheilbringende Nebelschwaden hüllte sie mich ein. Camilla war inzwischen eingeschlafen und saß zusammengesackt auf einem mehr als unbequem aussehenden Stuhl, während ich hellwach in meinem Bett lag und ängstlich hinüber zum Fenster blickte, in der Hoffnung, dass die Sonne so schnell wie möglich wieder aufgehen würde, doch ein flüchtiger Blick hinüber zur Uhr machte diese Hoffnung wieder augenblicklich zunichte.

1:23 Uhr. Es würde noch Stunden dauern, bis die Sonne aufginge und ich bezweifelte, dass es mir bis dahin gelingen würde einzuschlafen und dieser Angst sowie der konsequent anhaltenden Anspannung meiner Nerven zu entfliehen. Es war nun auch bereits seit zwei Stunden keine Schwester mehr ins Zimmer gekommen, um nach mir zu sehen. Was hätte ich ihr auch sagen sollen? Mein Bedarf an Beruhigungsmitteln war für diese Nacht so oder so mehr als ausreichend gedeckt. Eine weitere würde ich nicht mehr bekommen.

Pockkkk... Ich schreckte auf und sah mich um.

„Bitte, lass es nur einen Vogel gewesen sein, der gegen die Fensterscheibe geflogen war" ,dachte ich mir, wohl wissend, dass es höchstwahrscheinlich etwas ganz anderes war... etwas, das sich wie mit schmerzenden Widerhaken in meinen Verstand gebohrt hatte.

Pockkkk... schon wieder! Meine Augen wanderten langsam hinüber zum Fenster, denn der Schlag, welcher dieses klopfende Geräusch verursachte, traf eindeutig auf Glas.

…

Ein Schatten... ich konnte ihn ganz genau erkennen – und es war ganz sicher kein Vogel. Ich wusste, was es war und ich wollte, dass es verschwindet, so schnell wie nur irgend möglich. Ich kniff meine Augen zusammen und *warf* den Kopf geradezu auf das Kissen meines Bettes hinab.

...

Pockkkk... Es wollte nicht aufhören.

Pockkkk... Stopp, bitte.

Pockkkk... Aufhören!

Plötzlich ertönte ein anderes Geräusch, eines das noch viel angsteinflößender war als das Klopfen. Es war ein Quietschen, ähnlich dem Laut, der ertönte, wenn man mit einem spitzen Gegenstand über Glas kratzte. Ein widerwärtiger Klang, bei welchem sich mir auf der Stelle die Nackenhaare aufstellten. Und gerade, als ich dachte, dass es nicht mehr grauenerregender werden könnte, spürte ich, wie etwas meinen Kopf entlang strich. Jedoch nicht wie an jenem Morgen, als ich eine der Hände mit der von Camilla verwechselte. Nein... was auch immer mich soeben streichelte, tat dies vom Inneren des Kissens heraus!

Am liebsten wäre ich sofort aufgesprungen und zu Camilla gelaufen, um sie dann lautstark darum anzuflehen diesen Ort schnellstmöglich zu verlassen und auf direktem Wege nach Hause zu fahren. Noch bevor ich dies jedoch tat, sammelten sich die Gedanken an die drohenden Konsequenzen in meinem Kopf. Was, wenn ich wahrhaftig so handeln würde, wie ich es mir in meinem Kopf schon ausgemalt hatte? Würden die Hände von mir ablassen? Vermutlich; schließlich waren sie immer sofort verschwunden, sobald ich mit jemand anderem zusammen war.

Aber was würde danach passieren? Camillas Sorgen würden sie nie mehr schlafen lassen und mich würde man in die nächste Nervenheilanstalt einweisen. Ich musste den Horror der heutigen Nacht wohl oder übel aushalten, um nach Hause zurückkehren zu können. Ich schloss die Augen, versuchte die Hand so gut es ging zu ignorieren und dachte an all die schönen Momente, die Camilla und ich durchlebt hatten.

An den gemeinsamen Urlaub in Joutenheimen, bei dem sie unbedingt Ski auf einer der riskanten Pisten fahren wollte und ich ihr erzählte, dass ich das mit Leichtigkeit hinbekommen würde. Dass ich in meinem ganzen Leben noch kein einziges Mal Skilaufen war, hatte ich ihr natürlich verschwiegen. Letztendlich brach ich mir ein Bein und Camilla verbrachte den ganzen restlichen Urlaub nach einem kurzen Krankenhausaufenthalt damit, mich im Hotel wieder halbwegs gesund zu pflegen und Filme mit mir zu schauen.

Und dann war da noch das Urlaubserlebnis, als wir in unseren Sommerferien in einer dänischen Ferienhütte eine verwaiste Babyrobbe gerettet hatten, um sie zum Tierarzt zu bringen.

Ich dachte an die vielen Nächte, in denen ich

schlafgewandelt war und in denen mich Camilla dann wieder ins Bett holte und so lange wach blieb, bis ich mich wieder beruhigt hatte. Das Schlafwandeln... es verfolgte mich seitdem ich sechs Jahre alt war und bisher war es immer das Einzige in meinem Leben gewesen, das mir seltsam erschien. Und nun gab es nur noch diese verfluchten Hände. Das Schlafwandeln war zumindest harmlos gewesen, aber diese ganze Sache hier...

Meine Mutter erzählte mir, dass sie mich an manchen Tagen in der Küche, im Keller oder sogar mitten im Garten gefunden hatte. Zudem sagte sie, dass ich, während ich schlief, lauter Dinge tat, die ich tagsüber nicht Willens war zu tun oder zu denen ich sogar völlig unfähig war. Ich sang beispielsweise viel, bastelte Figuren aus Pappe oder starrte manchmal stundenlang das ein oder andere Bild an, von denen meine Eltern Dutzende im Hause hängen hatten, jedoch blieb ich immer unversehrt-... die Bilder! Mit einem Mal begann es, in meinem Kopf zu rattern.

War es möglich, dass Camillas Werke der Ursprung dieses namenlosen Horrors waren? Hatte sie mir nicht erst vor Kurzem von ihrem neuesten Gemälde berichtet, das sie auch noch als ihre bisher unheimlichste Arbeit bezeichnet hatte?

Hatte ich sie vielleicht mit dem Bild in der Wohnung gesehen? Hatte ich es im Halbschlaf irgendwo entdeckt oder es ganz nebenbei aus dem Augenwinkel erblickt, weshalb ich mich nicht an das Bild direkt erinnerte, aber dafür seine Nachwirkungen noch deutlich wahrzunehmen vermochte? Die Nachwirkungen... noch immer spürte ich die Finger jener schauderhaften Hand durch meine Haare streichen.

...

Es brachte anscheinend nichts, in schönen Erinnerungen zu schwelgen, ich musste den Händen auf andere Weise entfliehen. Leise, um Camilla nicht aus ihrem wohlverdienten Schlaf zu wecken, erhob ich mich aus dem Bett und schlich mich hinüber zum Bad. Eine warme Dusche würde mich nicht zwingend auf andere Gedanken bringen, aber sie würde mich zumindest ein wenig entspannen lassen. Als ich das Bad jedoch betrat, war ich überrascht, statt einer Dusche eine Wanne vorzufinden.

Der Raum war relativ groß und wirkte zudem recht leer, vermutlich, weil diese Krankenhausbäder ja unter anderem auch für Menschen mit körperlichen Beeinträchtigungen gerecht sein mussten. Großartig wundern tat ich mich nicht, ich war nur verwirrt, dass ich als selbstständiger

Patient ein Bad mit Wanne bekommen hatte. Letztendlich war es ja auch egal, schließlich war ein Bad sowieso entspannter als eine Dusche. Während sich die Wanne mit warmem Wasser füllte, sah ich mich immer wieder verstohlen um. Die Tür hatte ich mittlerweile schon längst verschlossen. Ich hätte nie gedacht, dass ich innerhalb so kurzer Zeit so derartig paranoid werden könnte.

Eine höchst angenehme Temperatur umspülte meinen Körper, als ich mich langsam in das warme Nass hinabsinken ließ. Das Wasser... nun reiste ich in Gedanken deutlich tiefer in die Vergangenheit. In eine Zeit vor Camilla, vor Oslo, ja selbst vor Norwegen – meine Kindheit. Diese verbrachte ich bis zu meinem fünften Lebensjahr in Deutschland, bevor meine Eltern den Entschluss fassten, unsere Heimatstadt Runan zu verlassen und ein neues Leben im hohen Norden Skandinaviens zu beginnen. Ich wusste nicht mehr viel aus der Zeit in Deutschland, außer den wöchentlichen Ausflügen an einen ganz bestimmten Badesee.

Im Wasser fühlte ich mich immer so frei, fast so, als würde ich fliegen. Das warme Wasser versetzte mich augenblicklich in die damalige Sommerzeit, in der die Sonne mir meinen Nacken verbrannte und ich erstmals das Schwimmen beigebracht bekam. Übermütig, wie ich war, gab ich mich mit dem seichten Wasser am Ufer bald nicht mehr zufrieden, sondern schwamm stattdessen weiter hinaus, bis ich den Boden unter den Füßen verlor. Bedachte man meine damalige Körpergröße, war dies zwar noch nicht sonderlich tief und ich war daher auch noch nicht sehr weit draußen. Allerdings stoppte ich ja auch noch nicht unmittelbar an der Stelle, an der mir der Boden quasi unter den Füßen weggezogen wurde, sondern bewegte mich immer weiter auf die Stelle zu, an welcher das Wasser bereits dunkel zu werden begann. An die Stelle, wo man den Grund des Sees beim Untertauchen nicht mehr zu erkennen vermochte.

Meine Mutter bemerkte allerdings erst recht spät, dass ich der tiefen Mitte des Sees gefährlich nahe gekommen war und mein Vater war Eis holen gegangen und bekam somit von meinem doch sehr riskanten Ausflug absolut überhaupt nichts mit. Als ich schließlich Mutters panische Rufe hinter mir vernahm, erkannte ich erstmals, wie weit ich bereits hinausgeschwommen war und kehrte augenblicklich um. Das Badewasser um mich herum begann sich langsam abzukühlen... ich erreichte ein düsteres und traumatisierendes Kapitel meiner Erinnerungen. Das eigentlich ruhige Wasser des Sees um mich herum schlug aufgrund meiner hektischen Bewegungen, mit denen ich das Festland schneller zu erreichen erhoffte, immer größer werdende Wellen.

Noch immer blieben mir meine Atemzüge in der Luftröhre stecken, wenn ich mich an das zurückerinnerte, was sich als nächstes ereignet hatte...

Die gierigen, schleimigen Schlingen einer Wasserpflanze wickelten sich wie die Tentakel eines hungrigen Oktopoden um meine Knöchel und zogen mich binnen Bruchteilen in die eiskalten, dunklen Tiefen des Wassers hinab. Wirklich ziehen taten sie mich nicht, schließlich waren es nur Pflanzen, doch das Gefühl gefangen zu sein in Kombination mit meinen spürbar sinkenden Kräften, ließ es auf mich so wirken, als wäre ich drauf und dran, von einem Meeresungeheuer gefressen zu werden. Die Wellen um mich herum wurden größer und größer, ebenso wie meine Angst vor dem Ertrinken.

Man möchte meinen, dass ein Kleinkind noch nicht einmal in lebensbedrohlichen Situationen, wie der soeben geschilderten, über den Tod nachzudenken vermochte, doch als ich da so im Wasser zappelte, fest in der Umarmung dieses Teufelsgewächses gefangen, hatte ich bereits das Bild meines leblos im Wasser treibenden Körpers vor Augen, wie er langsam auf den Grund des Sees hinabsank, um dort von Fischen sowie allerlei Kleintieren aufgefressen zu werden. Dazu kam es glücklicherweise nicht, denn kurz bevor ich das Bewusstsein verlor, schlang sich ein kräftiger Arm um meine Taille und zog mich wieder an die rettende Oberfläche.

Dieser Zwischenfall, die Angst vor dem nassen Grab, verfolgte mich für eine lange Zeit in meinen Träumen. Wie oft war ich schon nach Luft schnappend aufgewacht, weil ich im Schlaf förmlich spürte, wie sich meine Lunge mit Wasser zu füllen begann und wie oft hatte ich Angstzustände, wenn meine Mutter mir ein Bad eingelassen hatte (sie musste mich tatsächlich noch Monate nach dem Unfall mit einem Lappen waschen, da ich mich alleine nicht ans Wasser traute).

Es war noch schlimmer als meine momentane Angst vor unheimlichen Gemälden... vielleicht war sogar die todbringende Umklammerung der Schlingpflanzen Auslöser für meine Halluzinationen. Ich schlug die Augen auf.

Im Bad war es noch immer stockdunkel. Logisch, immerhin hatte ich das Licht auch bewusst ausgelassen. Schlafen konnte ich zwar nicht, aber ich sah nicht ein, weshalb mich das grelle Licht der Krankenhausbeleuchtung nun vollends wecken sollte. Mit einem entspannten Halbschlaf fühlte ich mich nämlich momentan recht wohl. Aber die Erinnerungen an den See hatten einem unguten Gefühl tief in meinem Innern wieder Leben eingehaucht, denn ich spürte nun, wie damals, diesen festen Griff an meinem Knöchel. Ich schloss die Augen wieder und versuchte das beklemmende Gefühl zu verdrängen, doch je mehr ich daran dachte, dass es verschwinden sollte, desto mehr schien es sich zu manifestieren. Bald schon spürte ich es nicht mehr nur an meinem Knöchel, sondern auch an meinen Schenkeln, meinen Armen und an meinen Schultern.

„Es sind nicht die Hände. Es sind nicht die Hände", flüsterte ich immer wieder, doch ich wusste, dass ich damit höchstwahrscheinlich falsch lag, vorausgesetzt, es hatten sich keine Schlingpflanzen ihren Weg aus der Kanalisation den Abfluss hinauf bis in meine Badewanne hinein gebahnt. Doch wer wusste schon, was ich mir in meiner geistigen Verfassung alles für Hirngespinste einzubilden vermochte.

Gott weiß, ich hätte nie die Augen öffnen sollen und ich wollte es auch nicht, aber die Versuchung etwas anzublicken, obgleich es ein großer Fehler wäre, war einfach zu groß, um ihr zu widerstehen. Als ich meine Augen jedoch aufschlug und erblickte, was mich an Armen und Beinen gepackt hielt, merkte ich, dass die Hände sich nicht nur mit mir in der Wanne befanden, sondern den vorher so leeren Raum beinahe vollständig ausgefüllt hatten!

Sie kamen aus den Wänden, wuchsen wie Pilze aus dem Boden und bald fühlte es sich für mich so an, als hätten die Hände das Wasser aus der Wanne verdrängt, so zahlreich umgaben sie mich inzwischen! Da die Hände bereits den gesamten Boden bedeckt hatten, war es sinnlos, einen Fluchtversuch in Richtung der Tür zu starten, doch unversucht wollte ich es ganz sicher nicht lassen. Als ich mich jedoch aufstemmen und auf die Tür zustürmen wollte, packte mich eine weitere Hand fest im Nacken, drückte fest zu und zog meinen Kopf mit aller Kraft unter Wasser.

Ich geriet in Panik und versuchte die sich in mein Fleisch krallenden Finger von mir abzuschütteln, doch gerade als ich das Gefühl hatte, ihrem Griff entkommen zu sein, stürzten sich all die anderen Hände auf mich wie ein Schwarm blutdurstiger Piranhas. Und gemeinsam drückten diese mich auf den Grund der Wanne. Sollte ich nun doch jenem Ende entgegensehen, dem ich im Kindesalter nur so knapp entronnen war?

Die Vorstellung, dass da etwas in meinen

Verstand eindrang und mich mit meiner größten Todesangst auszuschalten versuchte, war so perfide und grausam, dass ich einfach nur fassungslos vor Entsetzen da lag und ich den Angriff jener fünffingerigen Monster beinahe ohne Widerstand über mich ergehen ließ. Plötzlich vernahm ich gedämpft das Geräusch einer aufschwingenden Tür und kurz darauf griffen zwei Hände nach mir, die mich wieder nach oben aus dem Wasser hinaus hievten.

„Mikal!"

Panisch zerrte Camilla mich aus der Wanne, während ich verzweifelt nach Luft schnappte und mich nach den Händen umsah. Sie waren weg... wie jedes Mal zuvor auch.

„Mikal, was hast du denn nur gemacht?!"

Ich wollte es ihr sagen. Nichts hätte ich lieber getan, als mich in ihre Arme sinken zu lassen und ihr unter Tränen zu gestehen, dass die Hände noch immer nicht verschwunden waren, aber ich konnte es nicht – ich konnte sie nicht verlieren. Sie war alles, was ich hatte, alles, was mir blieb, mein einziger Anker in diesem tiefen und wilden Meer der Angst. Camilla hatte etwas Besseres verdient als einen Wahnsinnigen wie mich, aber wenn ich sie nun gehen ließ, wäre das mein endgültiger

Untergang und diese Misere würde mich ein für alle Mal verschlingen.

Auch wenn das Rettungsseil, mit welchem sie mich vor dem drohenden Fall bewahrte, nichts weiter war als ein seidener Faden, der jeden Augenblick reißen könnte, um mich hinab in den Wahnsinn stürzen zu lassen. Ich konnte es ihr nicht sagen...

„Ich konnte nicht schlafen u-und wollte einfach nur ein B-Bad nehmen... ich muss eingeschlafen sein."

Es war eine recht wenig überzeugende Lüge, vermutlich sogar die schlechteste, die ich je über die Lippen gebracht hatte, aber Camilla wollte so sehr daran glauben, dass der Zwischenfall nicht durch meinen Geisteszustand hervorgerufen wurde, dass sie zumindest ausreichend war, um sie größtenteils zu beruhigen. Sie half mir zurück ins Bett und wenige Minuten später erschien eine der Krankenschwestern im Zimmer und sah mich erwartungsvoll an, während sie sich zu mir gesellte.

„Wie fühlen Sie sich?"

„Gut."

„Sind Sie sicher? Denn wenn das, was Ihnen zugestoßen ist, mehr als eine einfache

Panikattacke war, dann könnte sich ein frühzeitiger Abbruch Ihres Krankenhausaufenthaltes überaus negativ auf Ihren psychischen und vor allem gesundheitlichen Zustand..."

„Es geht mir gut, okay!"

„Ganz wie Sie meinen. Ich werde dann gleich Ihre Entlassungspapiere fertig machen, dann können Sie erstmal wieder nach Hause fahren."

Erstmal? Hatte sie *erstmal* gesagt? Dieses scheinbar willkürlich in seinen Satz eingebaute Wort ließ mich erschaudern. Alleine die Vorstellung, ich müsste an diesen Ort zurück und würde vielleicht sogar in eine Nervenheilanstalt eingewiesen werden, war absolut grauenhaft. Ohne ein weiteres Wort zu sagen verschwand die Frau in Richtung Tür, doch kurz bevor sie sich wieder nach draußen in den Flur begab, wandte sie sich um und warf Camilla einen Blick zu, der beinahe schon mehr einer Warnung als einer allgemeinen Besorgnis entsprach.

„Passen Sie auf sich auf."

Wie sie es sagte; als wolle sie Camilla gegen mich aufhetzen. Ich war doch nicht verrückt. Klar dachten es alle und ich gab ja auch zu, dass es nach außen hin so wirkte, aber es musste doch zumindest ein Funken von Verständnis in ihren Köpfen stecken.

Manchmal dachte ich, diese Leute würden in den Menschen kaum noch alleindenkende Individuen sehen, sondern sie viel mehr als Bauteile eines Puzzles betrachten, die zusammen eine Grundlage für ihre Berufung formten.

Nach kaum zwei Minuten kehrte ein großgewachsener Pfleger ins Zimmer und reichte mir einen Zettel mit einigen Ankreuzkästchen darauf. Das war jedoch erst das zweite, auf das ich geachtet hatte. Viel mehr sprangen mir die kräftigen rauen Hände des Mannes ins Auge, in welchen er jenes Blatt Papier hielt. Ich zögerte etwas zu sagen...

„Können Sie mir das Blatt Papier einfach auf den Nachttisch legen?"

„Herr Olsen, nehmen Sie doch bitte einfach den..."

„Bitte! Ich bitte Sie."

Verrückt. Durchgeknallt. Wahnsinnig. Mit skeptischem Blick legte er den Zettel auf das kleine Tischchen neben meinem Bett. Meine Furcht vor den Händen anderer Leute hatte sich ja bereits nach dem ersten Vorfall gezeigt und alleine das jagte mir schon eine Heidenangst ein, aber als ich nach dem Zettel greifen wollte, spürte ich wie mein gesamter Leib zu zittern begann und auf meiner Stirn brach der kalte Schweiß aus, als mich die Erkenntnis wie ein fester Schlag auf den Kopf traf.

Meine Hände... Es war ein kurzer Moment, der binnen einer Sekunde wieder verflogen war, aber für diesen einen klitzekleinen Moment – projizierte sich diese inzwischen tief in mir verwurzelte Angst auf meine eigenen Hände. Sie wirkten auf einmal wie ein Fremdkörper auf mich. So als würde einem plötzlich ein dritter Fuß oder gar ein zweiter Kopf wachsen. Etwas, das nicht zu mir gehörte, kein eigener Körperteil – ein Parasit.

7

Als ich die Wohnung betrat, fühlte ich mich wie an einem anderen Ort. Obgleich Camilla rein gar nichts an der Einrichtung verändert hatte, wirkte es trotzdem nicht mehr wie ein Zuhause auf mich. War ich es etwa? War ich derjenige, der sich entfremdet hatte? Hatte ich mich inzwischen selbst in einen völlig Unbekannten verwandelt? Die Antwort auf diese Frage war offensichtlich. Natürlich war ich es; ich war inzwischen ein Aussätziger für mein eigenes Heim geworden und es war nur eine Frage der Zeit, bis auch Camilla mich als fremd erachten würde. Die einzige Frage, deren Antwort ich noch nicht wusste, war, wann auch Camilla dies merken würde. Oder hatte sie es bereits bemerkt? Sicherlich.

Ohne groß mit mir zu reden half sie mir aus meinen Klamotten, begleitete mich ins Bett und ging dann schnurstracks in die Küche, um mir einen Tee zuzubereiten. Ich hasste Tee und das wusste Camilla auch, aber es war das einzige Getränk, das mir einfiel, welches eine beruhigende Wirkung erzielte, auch wenn ich nicht wirklich davon überzeugt war, dass dieser Plan Früchte tragen würde.

Erschöpft und müde lag ich wenig später unter

meiner warmen blauen Decke, endlich dazu bereit, den Schlaf zu finden, den ich so bitter nötig hatte. Camilla lag hinter mir und legte ihren Arm um meine Taille. Als ich mit meinen Fingern ihren Arm hinunter wanderte und schließlich ihre Hand erreichte, liefen mir Tränen über die Wangen. Um mir keine Angst zu machen, hatte sie sich extra Handschuhe angezogen. Sie war so gut zu mir – zu gut. Oh Camilla. Es tat mir so weh, sie in diesem Zustand zu sehen. So hilflos, ängstlich, ständig darum kämpfend, dass bald alles wieder so sein würde wie früher.

Bisher war ich es immer gewesen, der beim Schlafen hinter ihr lag und sanft ihre Taille umfasste, doch nach dem ersten Vorfall hatte sich das schlagartig geändert. Offenbar war es Camillas stark ausgeprägter Beschützerinstinkt, der durch meine Ängste geweckt wurde und ich war froh, dass sie mich festhielt. Es war mein traditionell geprägter Stolz, der mich denken ließ, dass ich als Mann derjenige war, der Camilla in jeder nur erdenklichen Situation schützen musste, doch als sie so bei mir lag und mich wie eine Mutter in ihren Armen hielt, merkte ich erstmals, dass sie so viel stärker war als ich.

„Erinnerst du dich an Austvågøya?"

Ich erinnerte mich. Camillas Eltern hatten ein

Sommerhaus am Strand dieser Insel. Wir waren nur einmal dort.

„Ich hab den Schlüssel von meinen Eltern geholt und wir sind zur Küste gefahren."

Auf meinen Lippen erschien ein Lächeln.

„Stimmt. Und auf der Fähre wurde dir plötzlich ganz schlecht, weil du am Tag vor der Abreise verdorbene Austern gegessen hattest."

„Seitdem habe ich nie wieder ein Schalentier in die Nähe meines Tellers gelassen."

„Der Schiffsarzt musste gerufen werden und hat uns geraten, den Urlaub vorerst abzubrechen."

„Aber ich wollte nicht, weil du es warst, der mir zuvor noch von den Austern abgeraten hatte und deshalb hab ich einfach behauptet seekrank zu sein."

„Und als wir eure Ferienhütte erreicht hatten, hast du erst einmal im vollen Strahl auf die Fußmatte gekotzt."

„Doch dann hast du mir einen Tee gekocht und alles war wieder in Ordnung."

„Du hast auch noch Wochen danach nichts außer Gemüse und Obst gegessen."

„Genau... und dann kam der Sturm."

Ihre Stimme wurde leiser.

„Später meinten ja sogar noch irgendwelche Meteorologen, dass es der wohl heftigste Sturm war, der je auf Austvågøya gewütet hatte", sagte ich, während ich mich an den Zeitungsartikel erinnerte, dem noch ein Foto von zerstörten Häusern und Existenzen hinzugefügt worden war.

„Ja. Er hat das Sommerhaus umgepustet wie ein Kartenhäuschen... und wir waren drinnen und haben uns gemeinsam unten im Kellergewölbe versteckt."

„Du hast dein Handy aus der Hosentasche geholt und die Feuerwehr gerufen, als du gemerkt hast, dass die Wände des Hauses zu wackeln begannen."

„Sie haben gesagt, dass wegen des Sturms mehrere Straßen blockiert seien und sie vermutlich erst in einer Dreiviertelstunde zu uns durchdringen könnten."

„Und obwohl das Haus beängstigend stark gebebt hat, war unsere Angst weitestgehend verflogen, weil wir wussten, dass jemand kommen würde, um uns zu retten."

„...und dann ist es eingestürzt. Einfach so. Mein Großvater hat es damals mit seinen eigenen Händen gebaut, hatte ich dir das jemals erzählt?"

„Nein, ich glaube nicht."

„Er hatte seine Freunde als Unterstützung dazu geholt und innerhalb eines Jahres war es fertig. Es war ein gutes Haus, nicht perfekt, aber gut. 65 Jahre lang hat es auf dieser kleinen Lichtung gestanden und innerhalb von wenigen Sekunden war alles dahin."

„65 Jahre und ausgerechnet an diesem Tag befanden wir uns unter seinem Dach."

„Ich hatte kaum das Brechen des Steins gehört, da spürte ich schon den festen Schlag herunterfallender Wandteile..."

„...und wurdest unter ihnen begraben."

„Als wäre ich nichts. Ein kurz anhaltender Regen aus Dreck und Schutt und mit einem Mal war ich weg."

„Zuerst dachte ich, du wärst tot, als ich dich leblos und blutend unter all dem Schutt liegen sah."

„Und trotzdem bist du bei mir geblieben, anstatt nach draußen zu laufen, wo du sicher gewesen wärst... Dann bin ich wach geworden und habe dir gesagt, dass du das Haus so schnell wie möglich verlassen musst, um nicht auch verschüttet zu werden – doch du bist da geblieben, hast dich nicht vom Fleck gerührt und stumm meine Hand gehalten", sagte sie in einem Tonfall, der mir verriet, dass sie nun zu lächeln begonnen hatte.

Für einen gefühlt ewig anhaltenden Moment herrschte Schweigen zwischen uns beiden.

„Und dann bist du auf einmal ebenfalls verschüttet worden."

Ihr Tonfall hatte wieder ernste Züge angenommen.

„Als die Rettungskräfte uns kurz darauf befreiten und ins Krankenhaus brachten, kam ein Arzt zu mir und er hatte diesen Blick. Es war wie der Vorbote von etwas Schrecklichem und ich hatte solche Angst. 'Frau Lindström...' hatte er gesagt '...ich fürchte die Überlebenschancen ihres Freundes sind überaus gering.' … 17 Tage hast du im Koma gelegen. Das waren die längsten Tage meines Lebens."

Sie schlang ihren Arm noch fester um mich.

„Und dann bin ich aufgewacht."

Langsam griff ich ihren Arm und küsste ihren Handrücken.

„Ja", sagte ich fast schon flüsternd. „Und du hast dich über mich gebeugt und hast angefangen zu weinen."

„Weil ich geglaubt habe, dass ich dir nie wieder in die Augen schauen könnte. Als der Arzt mit mir sprach, legte sich in mir ein Schalter um und ich war der festen Überzeugung, dass sich deine Augen nie wieder öffnen würden. Ich war mir sicher, dich verloren zu haben."

„Doch das hast du nicht."

„ Und ganz tief irgendwo in mir habe ich das auch gewusst. Deshalb bin ich bei dir geblieben, wie du es schon die zweieinhalb Wochen zuvor im Sommerhaus getan hast, als der Sturm losbrach."

„Du hättest damals um ein Haar sterben können."

„Genau wie du und ich wollte bei dir sein. Mikal, es hat sich seit diesem Tag nicht das Geringste geändert. Ich liebe dich... und ich werde dich niemals verlassen."

„Ich liebe dich auch, Camilla. Gerade deshalb fällt es mir schwer, dich nicht gehen zu lassen. Ich liebe dich zu sehr, um dich loszulassen, aber ich kann auch nicht zulassen, dass ich dein Leben zerstöre. Dieser ganze Psychoterror – ich kann dich dem nicht noch länger aussetzen. Du verdienst ein normales

Leben."

„Mikal – du bist mein Leben. Wenn etwas mit dir nicht stimmt, dann geht mich das auch etwas an. Wir müssen das zusammen durchstehen. Wir gehören zusammen. Deine Probleme sind meine Probleme. Okay?"

Ihr Atem streifte meinen Nacken und sie gab mir einen sanften Kuss. Ich war glücklich, vergaß darüber sogar zu antworten, auch wenn sie die Antwort ja ohnehin schon kannte. Müdigkeit überkam mich... und noch immer saß tief in mir die unbezähmbare Angst, bereit dazu, jede Sekunde erneut hervorzubrechen.

Vogelgezwitscher ertönte, ich hörte wie sich die von grünen Blättern bedeckten Äste im Wind bewegten und ich hörte Camillas zarte Stimme in der Ferne. Ich lag im Wald, spürte die weiche Erde unter mir wie ein großes Kissen und von Weitem sah ich sie auf mich zukommen. In ein weißes Kleid gehüllt schwebte sie wie ein Engel auf mich zu, die langen braunen Haare elegant an der Schulter herabfallend und ihre Augen glänzten wie die grünen Schuppen einer tropischen Echse. Ihre Hand begann sich langsam zu heben und schien nach mir zu greifen.

Ich glaubte ein leises 'Mikal' von ihr zu hören, als ich plötzlich diesen eigenartigen Geruch wahrnahm, der in keiner Weise zu der umliegenden Umgebung passte.

Rauch.

...

Mit nur einem einzigen Wimpernschlag meinerseits stand mit einem Mal alles um mich herum in Flammen und das 'Mikal', das Camilla zuvor noch so zart ausgehaucht hatte, wechselte blitzschnell in ein gequältes Schreien! Ihr braunes Haar wurde dunkler, färbte sich pechschwarz und das zu Anfang noch schneeweiße Kleid tat es ihm gleich.

Im selben Moment zog ein Sturm auf, schlimmer und zerstörerischer als der Sturm von Austvågøya und alles um mich herum, einschließlich Camilla, begann zu teerfarbener Asche zu zerfallen, die wiederum sogleich von den orkanartigen Böen davongetragen wurde.

Dann tauchte ein Schatten gewaltigen Ausmaßes über mir die gesamte Umgebung in eine umso schwärzere Finsternis, sodass der Tag binnen weniger Sekunden seinen Übergang in die Nacht fand. Mit Fingern, die größer als jedes mir bekannte Hochhaus waren, schmetterte das gigantische Gebilde einer Hand auf mich hernieder, um meinen vor Angst erstarrten Leib unter sich zu begraben und zu zermalmen.

Ich schlug die Augen auf, jedoch war ich mir nicht zu hundert Prozent sicher, was genau mich geweckt hatte. Der Traum? Möglich, aber wenn ich aus Alpträumen erwachte, verspürte ich eher eine gewisse Panik, doch das Gefühl, welches mich fest in seiner Gewalt zu haben schien, war anders. Es war in höchstem Maße beklemmend. Meine Kehle schnürte sich zu und ich bekam keine Luft mehr. Erst als mich ein plötzlicher Adrenalinstoß vollständig wach werden ließ, bemerkte ich, dass ich gewürgt wurde!

8

Panisch schlug ich um mich und versuchte die Hand von mir wegzustoßen, doch sie war stark und je fester ich versuchte, mich von ihrem Griff zu lösen, desto fester schien sie mir den lebensnotwendigen Sauerstoff weiter und weiter aus meinem Hals herauszudrücken, sobald ich ihn auf halbem Wege in diesen hineingesogen hatte. Das Grauen hatte seinen Höhepunkt erreicht.

Sie wollten mich töten!

Ich war nun hellwach und kämpfte verzweifelt um mein Leben, welches mir diese Ausgeburt der Hölle so gewaltsam zu entreißen versuchte. Zunächst war ich noch höchst irritiert von der gewaltigen Kraft, welche die Hand besaß, doch bei genauerer Überlegung erschloss sich mir, dass diese Dinger, wo immer sie auch herkamen, ohnehin jeglicher Logik trotzten. Warum also nicht gleich noch übernatürliche Stärke? Ich biss, ich kratzte, ich schrie und schlug um mich, doch die langen Finger der Hand schlossen sich immer enger um meine Kehle und ich merkte, wie mir schwindelig wurde...

Jetzt oder nie. Ich konnte noch ein letztes Mal all meine Kraft aufstemmen und versuchen, die Hand von meinem Hals loszubekommen oder ich würde ohne Weiteres dem Tod in die Arme laufen. Mein letzter Aufwand an Energie schoss wie eine kraftvolle Druckwelle durch meine Blutbahnen. Meine Hände umklammerten das mörderische Etwas, rissen es mit aller Kraft von meinem Hals und mit einer ruckartigen Bewegung brach ich das Handgelenk meines körperlosen Angreifers. Ein unangenehmes Knacken ertönte und noch im selben Augenblick war die Attacke vorüber und das, was sie ausgelöst hatte, verschwunden.

Zumindest glaubte ich zunächst, dass der Angriff vorüber wäre, bis sich plötzlich etwas fest in meine Schulter krallte. Vor lauter Schreck, der wie Elektrizität durch meine Glieder fuhr, packte ich, wie in einem Wahn aus Angst und Überlebensdrang gefangen, nun auch die zweite Hand und bog sie so schnell zur Seite, dass auch diesmal ein knackender Laut ertönte. Diesem folgte jedoch zu meinem Entsetzen keine Stille, sondern ein ohrenbetäubender Schrei.

Das Bett begann zu wackeln und als ich vom Schock noch immer zitternd meine Nachttischlampe anschaltete, sah ich Camilla in der Ecke des Zimmers kauern. Tränen des Schmerzes liefen über ihre Wangen und sie umklammerte mit der Hand ihren linken Arm, der binnen weniger Sekunden bläulich anzulaufen begann. Eilig ging ich zu ihr hinüber, doch sie wich noch dichter an die Wand zurück, fast so, als hätte sie vor, mit dieser zu verschmelzen. Und dann warf sie mir diesen Blick zu... Es war keine Wut oder Trauer; auch Hass war es nicht, der in diesem Moment in ihren Augen aufblitzte und mich wie ein spitzer Pfahl durchbohrte – es war Angst.

Camilla, die Frau die mir stets beigestanden hatte, mich unterstützte, sich so hingebungsvoll um mich gekümmert hatte und mir erst vor wenigen Stunden zugesichert hatte, dass sie immer bei mir bleiben würde – diese Frau hatte nun Angst vor mir... genau wie ich.

Ich fürchtete mich vor meinem eigenen Körper und davor, wozu er unter Anleitung meines kranken Verstandes alles in der Lage sein könnte. Ich hatte etwas Schreckliches getan, etwas Böses. Ihre Gliedmaßen zitterten (was den Schmerz in ihrer Hand noch weiter zu verschlimmern schien), ihre Lippen bebten und sie hauchte in ihrer Angst einige Laute heraus, die Camilla jedoch aufgrund ihres Schocks nicht zu vollständigen Worten formen konnte. Ich ahnte, was sie sagen wollte und ich hoffte inständig, dass sie jenen bestätigenden

Satz nicht aus ihrem Mund herausbringen würde, doch nach einigen missglückten Anläufen gelang es ihr schließlich doch.

„D-du h-h-hast mir das Ha-Handgelenk geb-brochen..."

Ich stand nur da und konnte nichts sagen. Starrte nur gebannt, beinahe ungläubig auf die verletzte Stelle, deren tiefes Blau langsam in ein dunkles Lila überging.

„Verzeih mir, Camilla!" hätte ich sagen sollen. „Es tut mir so leid. Es war ein Unfall."

Doch stattdessen stand ich nur da und starrte sie schweigend an. Ich war nicht mal sicher, ob sich zumindest ein gewisser Ausdruck der Reue auf mein Gesicht gelegt hatte oder ob mein Blick kalt und herzlos wie der eines gefühllosen Monster gewesen war. Sie hatte gesagt, sie wolle bei mir bleiben, doch inzwischen, spätestens jetzt, musste Camilla in mir etwas Abscheuliches sehen. Es konnte nicht anders sein; sogar ich hielt mich für eine grausame Bestie. Schweigend und mit schmerzverzerrtem Gesicht stand Camilla auf und bewegte sich leicht benommen zum Telefon hinüber.

Sie sah das Entsetzen in meinen Augen; meine Angst davor, dass sie nun die Polizei rufen würde, damit ich festgenommen und auf ewig weggesperrt werde.

„Bitte helfen sie mir!" würde sie in den Hörer schreien. „Er will mich umbringen! Mein Freund versucht, mir all die Knochen in meinem Leib zu brechen!"

Das war es, was sie tun würde, da war ich mir so sicher, wie ich es mir selten bei irgendetwas war. Ich mochte mir gar nicht ausmalen, wie schlimm die Schmerzen sein mussten, die durch ihren Arm zogen. Wer weiß, was sie in diesem Moment von mir dachte. Sie hasste mich; sie musste mich einfach hassen. Als sie den Hörer abnahm, hob sie den Kopf und schaute mich an. Mit einem Gesichtsausdruck, mit welchem ich am wenigsten gerechnet hätte. Es war ein beruhigender Blick, beinahe hätte ich ihn als glücklich gedeutet und ich war mehr als nur irritiert von ihrer Güte, als sie mir noch ein kaum erkennbares, aber dennoch eindeutig vorhandenes Lächeln zuwarf, während sie den Hörer an ihr Ohr hielt.

„Guten Abend. Mein Name ist Camilla Lindström. Ich..."

Sie stoppte kurz und verzerrte schmerzvoll das Gesicht.

„Ich bin eben in meiner Wohnung ganz unglücklich gestürzt und die Treppe runtergefallen. Ich glaube... au... ich habe mir das Handgelenk gebrochen. Würden sie bitte einen Krankenwagen in die Ingrid-Berdal-Straße schicken? - Ja. - Ja, in Ordnung... Ja, bitte beeilen sie sich. - Ja, ja die Schmerzen sind ziemlich stark. Okay, werd' ich. Danke – wiederseh'n."

Sie sah auf, blickte mir in die Augen, die den Umständen entsprechend eine große Verwunderung ausstrahlten und nickte mir aufmunternd zu. Sie wirkte fast so, als würde sie kaum unter der Verletzung leiden, doch es blitzte wieder und wieder, in immer kürzer werdenden Abständen, der unbarmherzige Schmerz in ihrer Mimik auf, was diese Illusion sogleich wieder zunichte machte.

„Du hast doch nicht wirklich geglaubt, dass ich dich jetzt wegsperren lasse, oder? Herrgott ja, du hast mir das Handgelenk gebrochen, aber..., " sie kam näher auf mich zu und legte ihre andere Hand auf meine Schulter.

„...ich habe lieber ein paar gebrochene Knochen als ein gebrochenes Herz."

Sie wurde rot und begann zu lachen – sie begann tatsächlich zu lachen. Wenn man unsere momentane Situation bedachte, war das etwas, was mir nicht mehr nur seltsam, sondern schon in höchstem Maße grotesk vorkam.

„Mein Gott, sowas Kitschiges hab ich ja noch nie von mir gegeben."

Ihr Lachen wurde lauter und das zauberte sogar mir ein leichtes Lächeln aufs Gesicht. Sie ging in Richtung Tür, doch auf halbem Wege leuchtete wieder der Schmerz in ihren Augen auf, sie begann zu taumeln und ich musste sie etwas stützen, damit sie nicht fiel. Camilla legte ihren gesunden Arm um meine Schulter, schmiegte ihren Kopf an mich und gab mir einen Kuss auf die Wange.

„Mikal, wenn der Krankenwagen mich gleich ins Hospital bringt, möchte ich, dass du in mein Atelier gehst. Dort liegt die Nummer eines Psychiaters auf meinem Schreibtisch, den du unbedingt anrufen musst. Ich habe ihm schon von deinem Fall berichtet und er meinte, dass er sich deiner gerne annehmen würde, aber ich hatte bisher gehofft, dass das nicht nötig sein würde.

Ich bin dir nicht böse, dass du das getan hast, aber du hast Angst und eben diese Angst lässt dich inzwischen Dinge tun... Dinge, die eines Tages noch weiter ausarten könnten, als sie ohnehin schon ausgeartet sind. Mikal, ich habe keine Angst vor dir, sondern um dich. Du brauchst Hilfe – versprich mir, dass du sie dir holst. Auf dem Schreibtisch im Atelier, vergiss es nicht."

Sagen konnte ich nichts. Ich war einfach nur dankbar, dass sie mir immer noch helfen wollte, trotz all der schlimmen Dinge, die sie aufgrund meines Wahnsinns durchmachen musste. Nur wenige Minuten später wurde Camilla abgeholt. Ich gab ihr einen Kuss und kurz bevor die herbeigeeilten Notärzte die Türen des Krankenwagens schlossen, in welchen sie sie gehievt hatten, konnte ich einen letzten Blick auf ihr breites und wunderschönes Lächeln werfen.

Sie war mein Leben, ich durfte sie nicht verlieren.

2

Kaum eine Minute später fand ich mich in Camillas Atelier wieder. Ich hatte ein recht mulmiges Gefühl, immerhin malte Camilla an diesem Ort all ihre unheimlichen Bildnisse, die mich in der Vergangenheit nur allzu oft in pures Entsetzen geschleudert hatten. Einfach rein, Zettel nehmen und wieder raus.

Unglaublich... vor ein paar Tagen war ich noch ein vollkommen gewöhnlicher und dauerentspannter Student, der eine glückliche Beziehung mit seiner Freundin führte, mit ihr in einer schönen Wohnung lebte, gerne Musik hörte, sich alte Filme ansah und hin und wieder mal einen guten Wein trank. Jetzt war ich nichts weiter als ein Wrack, mehr ein kaputter und verwesender Klon meines früheren Ichs. Ein verblassendes Selbst, das Angst vor Bildern hatte und sich von dämonischen Mörderhänden verfolgt sah.

Ich weiß noch genau, wie ich angenommen hatte, dass die Hände echt seien und das tat ich nach wie vor auf eine gewisse Weise, aber glaubten nicht alle Wahnsinnigen, dass das, was sie verfolgte, der Wirklichkeit entsprach? Es waren einfach Hirngespinste, hervorgerufen durch ein Trauma aus der Kindheit, was mir in meinem Fall eine permanente Furcht vor festen Griffen und Umklammerungen bescherte; eine Furcht, die nun vermutlich aufgrund von Camillas unheimlichen Gemälden zu neuem Leben erweckt worden war.

Doch nun war es an der Zeit, dieser Angst gegenüberzutreten und ihr direkt in das widerwärtige Angesicht zu spucken, um das zu beschützen, was wichtiger war als alles andere. Natürlich wollte ich wieder gesund werden und mein eigenes Seelenwohl retten, doch hätte ich gesagt oder auch nur gedacht, dass ich all das nicht wegen Camilla tat, dann wäre es schlicht und einfach erlogen gewesen.

Vorsichtig tastete ich mich durch den Raum, welcher lediglich von einer sehr schummerigen Deckenlampe beleuchtet wurde, und suchte nach der Nummer, die Camilla mir hinterlassen hatte. Langsam näherte ich mich dem Schreibtisch, auf welchem jener Zettel lag, der mir laut Camilla aus meiner Misere zu helfen vermochte.

...

WUMM!

Erschrocken fuhr ich herum, nur um festzustellen, dass die Tür, durch die ich eben noch das Atelier betreten hatte, sich mit einem lauten Knall geschlossen hatte. Während sich meine Finger fester um das Stück Papier in meiner Hand schlossen und es langsam aber sicher wie ein Stück Müll zerknüllten, ging ich auf die Tür zu und griff die Klinke, hielt dann jedoch inne, als die gerade noch herrschende Stille von etwas Weiterem durchbrochen wurde.

Ein leises Tippeln erklang von der anderen Seite. Sie waren da draußen und das bedeutete, sie waren auch in meinem Kopf und tippelten nicht gegen die Außenseite der Tür, vor der ich stand, sondern stattdessen gegen das Innere meiner Schädeldecke. Und trotzdem traute ich mich nicht die Klinke hinunterzudrücken und einfach mit dem Zettel in der Hand aus dem Zimmer zu spazieren. Das Ganze musste aufhören; am besten noch heute Nacht.

Langsam entfernte ich mich von der Tür, ohne diese dabei aus den Augen zu lassen, und tastete dabei im Rückwärtsgang nach dem Telefon. Und wenn ich diesen verdammten Psychiater aus seinem Schlaf riss, egal ob er ihn sich verdient hatte oder nicht, ich musste ihn jetzt sprechen. Selbst wenn ich heute nichts mehr erreichen würde, außer einen Termin mit ihm zu vereinbaren. Ich wählte... jemand nahm den Hörer ab – dem folgte jedoch nichts weiter als ein lang anhaltendes

Schweigen. Das und ein leises, ganz leises, beinahe schon nicht vernehmbares... Kratzen.

„Hallo?", sagte ich mit fast schon zu zarter Stimme, in der Hoffnung, dass die Stimme des Doktors dieses allzu scheußliche Geräusch jede Sekunde übertönen würde.

Doch ich wartete vergeblich auf eine Antwort.

„Hallo, ist da jemand? … Ich kann sie hören." Natürlich war das gelogen, aber jemand hatte den Hörer abgenommen und ich konnte mir nicht vorstellen, dass ich mir auch das einbildete.

Mit einem Mal ertönte ein lautes und dumpfes Geräusch, das jedoch mehr mit einem wahren Gepolter denn mit einem Klopfen zu vergleichen war. Einen kurzen Moment hielt ich inne und versuchte mich zunächst zu sammeln, und nach einer anschließend folgenden Verwirrung blieb mir fast mein ohnehin schon viel zu schwer arbeitendes Herz stehen; das Geräusch, von dem ich angenommen hatte, dass es denselben Ursprung hatte wie das kaum hörbare Kratzen, kam nicht wie eben dieses aus dem Hörer. Dieser beinahe ohrenbetäubende Lärm entsprang einer Quelle, die sich unmittelbar hinter mir zu befinden schien.

Ich wirbelte herum und abermals vernahm ich

das lautstarke Hämmern, das mir direkt in die Knochen fuhr und mein gesamtes Skelett zum Erzittern brachte. Ausgesandt wurden diese Laute vom Innersten des großen Wandschrankes, der von Camilla in der hintersten Ecke des Ateliers platziert worden war. Zögernd schritt ich auf das hölzerne Ungetüm zu, nahm all meinen Mut zusammen und riss die Schranktüren auf, wobei ich sie gefühlsmäßig beinahe aus den Angeln gerissen hatte.

Es war ein dummer Zug meinerseits gewesen und es war mir ein Rätsel, weshalb ich es überhaupt getan hatte. Ich konnte mir bereits beim Betrachten der geschlossenen Schranktür sehr gut selber denken, was sich hinter dieser befand und vielleicht war genau das der Grund. Konfrontation mit seinen Ängsten war das Stichwort. Um meiner Furcht ins Gesicht zu spucken, musste ich ihr zuallererst gegenübertreten, als eine Art Eigentherapie.

Als sich der Schrank nun so weit geöffnet vor mir aufbäumte, wie ein feuerspeiendes Tor zur Hölle, bestückt mit dolchartigen Zähnen und fauligem Atem, stürzte mir eine wahre Flut aus Malereien entgegen und verteilte sich wie eine große Lache aus Alpträumen vor mir auf dem Boden.

Weit aufgerissene gequälte Augen, zum Schrei

geöffnete Münder und sich in Blut und Feuer windende malträtierte Leiber, die sich im Angesicht des Todes gegenseitig das brennende Fleisch von und aus den Körpern rissen und es sich trotz aller Folter mit Hochgenuss in die geifernden Mäuler stopften. Dunkelrotes Blut lief an ihren zerfetzten Mundwinkeln hinunter und aus den aufgebrochenen Brustkörben, wie auch den aufgeschlitzten Bäuchen, quollen ihre Organe und Gedärme wie ein einziger Klumpen verwesten Fleisches hervor.

Solch ein Graus, das reinste Massaker, dieser schlimmste Gräuel der menschlichen Natur, den ich nicht einmal mit meiner kränksten und perversesten Fantasie zu übertreffen vermochte – genau dieser bildete sich nun als Manifestation des Entsetzens direkt vor meinen Augen ab. Einige der Gemälde kamen mir durchaus bekannt vor, schließlich hingen sie für eine gewisse Zeit an meinen eigenen vier Wänden, bevor ich Camilla bat. sie zu entfernen. Dem war sie ja auch sofort nachgekommen und hatte sie laut eigener Aussage bei ihren Eltern verstaut, was ja offensichtlich gelogen war, wie ich nun erschrocken feststellen musste.

Viele dieser Bilder jedoch hatte ich allerdings noch nie zuvor gesehen, was vielleicht hauptsächlich daran lag, dass sie solch ekelerregenden Szenarien ein Aussehen gaben, dass nicht einmal Dr. Joseph Heiter sein Heim mit ihnen schmücken würde. Wie konnte eigentlich ausgerechnet Camilla, ein Engel vor dem Herrn, solch scheußliche Dinge malen? Stille Wasser sind tief (in diesem Falle ein wahrer Mariannengraben), aber dennoch konnte ich nicht glauben, dass ein Mensch, der so voller Liebe und Freude war, etwas derartig Grauenhaftes zu erschaffen vermochte.

Eine Mutter, die ihr eigenes Kind aus einem schwarzen Loch aus Fleisch und Fäulnis, das einst ihr Bauch zu sein schien, herausriss, um es dann mit schmerzverzerrtem Gesicht zu fressen. Ein gehäuteter Mann, der ähnlich wie Jesus Christus eine Dornenkrone trug, nur diente sie hier als Augenbinde, die ihn auf ewig erblinden ließ. Und dann dieser Mann, der auf den ersten Blick an einen Aztekenkrieger erinnerte, dessen Hals und Handgelenke mit Ketten und Armbändern aus Zähnen, Knochen und Zungen geschmückt waren und der im Wahn mit gelblich leuchtenden Augen auf das eigene Herz starrte, das er langsam in seiner Hand zu zerquetschen schien.

Solch furchtbare Abbilder konnten doch kaum dem Verstand von Camilla entsprungen sein.

Und dann sah ich es... das einzige Bild, das nicht hinuntergefallen war. Wie ein Gehängter es an einem alten Baume tat, baumelte das Gemälde an einer seidenen Schnur von einer Schrankseite zur anderen.

Abgebildet waren weder eine Person noch ein Gegenstand, der in irgendeiner Weise beängstigend war. Alles, was ich auf dem weißen Untergrund erkennen konnte, waren schemenhafte Konturen. Es gab kein Blut, keine Gewalt, nicht einmal verzerrte Fratzen; es gab nur *sie*...

Hände... Schattenartig Hände; gierig schienen sie von ihrem Reich aus gegen das Papier zu drücken, als würden sie versuchen, aus dem Gemälde herausbrechen zu wollen.

Meine Vermutung hatte sich bewahrheitet; diese Alpträume, die Halluzination, diese scheußlichen, scheußlichen Dreckshände und dieser ganze damit verbundene Wahnsinn, waren ihrem jüngsten Werk entsprungen. Keine Ahnung, wie ich es je zu Gesicht bekam, ohne mich daran erinnern zu können, doch irgendwie wird es wohl geschehen sein.

Das Bild war eigentlich gar nicht mal so schlimm, zumindest konnte ich ihm absolut nichts vom Horror der anderen Werken abgewinnen, doch es hatte etwas an sich, was die Bezeichnung 'diabolisch' wie eine maßlose Untertreibung hätte wirken lassen. Sein Horror ging tiefer, lebte nicht von optischen Eindrücken oder Ekel. Sein Horror war psychischer Natur; er grub sich förmlich unter die Haut seines Betrachters und begann ihn von innen heraus aufzufressen. Und noch etwas beunruhigte mich außerordentlich beim Anblick des Gemäldes... - hatte ich zu Anfang noch das Gefühl, als würden die Hände aus dem Bild hervorbrechen wollen, so sah es nun fast so aus, als würden sie leibhaftig aus ihm hervorkriechen.

Ich wusste nicht, ob sich meine Halluzinationen bereits wieder Zugang zu meinen Sehnerven verschafft und von dort aus allzu gut bekannte Abbilder des Grauens kreiert hatten oder ob Camilla einfach nur mit viel Talent gearbeitet hatte, denn es wirkte unfassbar echt... - zu echt. Und binnen weniger Sekunden, in denen sich innerhalb meines Schädels irgendein Schalter umlegte, wurde ich mir schlagartig darüber klar, dass diese optische *Täuschung* sich erschreckend schnell ihren Weg in die Realität gebahnt hatte. Sie krochen aus ihm hervor!

Ich stolperte zurück und stieß dabei einige der steinernen Skulpturen um, die von Camilla überall im Raum platziert worden waren und ich war selbst total erstaunt, dass ich sie bis zu diesem Moment noch gar nicht bemerkt hatte. Für eine Sekunde lang traf mich fast der Schlag, als ich die erste von ihnen berührte. Den leblosen Körper, der mit seinen steinernen Fingern nur ganz leicht meinen Arm streifte, schien für mich einen kurzen Moment lang jenen Händen zu gehören, die nun aus dem Gemälde auf mich zu krochen wie eine Karawane aus hungrigen Skarabäuskäfern.

Der donnernde Aufprall einer jener Statuen, welche von einem viel zu kräftigen Stoß meinerseits erwischt wurde, ließ mich zusammenzucken und jagte mir umso mehr Angst ein, was ich angesichts meiner jetzigen Lage kaum noch für möglich gehalten hätte. Kreideweiß im Gesicht (das nahm ich zumindest stark an) taumelte ich dem Ausgang des Ateliers entgegen, um dem nach mir greifenden Meer aus Händen zu entrinnen. Meine Finger schlossen sich so fest sie nur konnten um die nun eiskalte Klinke und obwohl ich damit rechnete (ja mich beinahe schon darauf verließ), dass die Hände mich gewaltsam zurückzerren oder die Tür von der anderen Seite zuhalten würden, gelang es mir mit einem Satz, aus dem Zimmer zu stürmen.

Als ich mich jedoch umwandte, um die Tür wieder zu verschließen und diese Ausgeburt der Hölle wegzusperren, strauchelte ich und fiel seitlings auf meinen rechten Beckenknochen. Ein fürchterlicher Schmerz durchfuhr meinen Körper und mir entwich ein kurzer Aufschrei, dem ein heftiger Tritt meinerseits folgte, der die Tür mit einem Paukenschlag zuschwingen ließ und wieder jene Stille einkehrte, die geherrscht hatte, bevor ich mich dazu entschied, das Atelier zu betreten.

Das alles würde niemals enden nicht wahr? fragte ich mich innerlich selbst, während ich mich gegen die Tür lehnte und meinen schweren Körper an dieser hinunter zu Boden gleiten ließ. Gerade als ich auf den knarrenden Dielen aufsetzte, ertönte erneut ein ohrenbetäubendes Gepolter von der anderen Seite der Tür. Angsterfüllt warf ich mich nach vorne und hastete auf allen Vieren kriechend vorwärts. Bei meinem Versuch, mich aus dieser Position hinauf zu hieven, geriet ich erneut ins Wanken und stürzte mit der Nase vorweg auf die harten Fliesen des Küchenbodens.

Meine Schläfe begann heftig zu pochen und ich versuchte mich mit aller Kraft emporzustemmen, was mir wider meiner Erwartungen sogar gelang, doch bereits einen Augenschlag später wurde ich mit unbändiger

Gewalt wieder zurück auf den kalten Boden gedrückt. Der Aufprall traf mich nicht nur unerwartet, sondern auch mit voller Härte – eine Härte, die mir sowohl die Lippe aufschlug als auch drei meiner Zähne wie Glas zerbrechen ließ.

Verzweifelt versuchte ich gegen die kräftige Pranke, die meinen brennenden Schädel auf den Boden presste, anzukämpfen und ich erreichte tatsächlich, dass sich ihr Griff ein klein wenig zu lockern begann. Mit einem Ruck drückte ich mich nach oben, drehte mich zur Seite und konnte mich der eisernen Schlinge der Hand somit entwinden.

Dann plötzlich verspürte ich etwas. Ich wusste, dass es die Hand war, nur wunderte mich ihr Verhalten, denn statt Schlägen oder dem Versuch mich zu erwürgen, war es diesmal ein leichtes Kitzeln am Hals. Als wenn Camilla mich ab und zu am Kinn streichelte und meinte *„Schweine mögen das"*. Jedoch begann sich dieses Kitzeln immer weiter zu intensivieren, bis es sich schließlich zu einem quälenden Kratzen entwickelt hatte. Langsam drehte ich meinen Kopf, um den mir nur allzu gut bekannten Ursprung dieses Kratzens mit eigenen Augen erfassen zu können. In dem Moment als ich den fünffingerigen Dämon erblickte, schnellte dieser plötzlich vor und begann mich, wie schon viel zu viele Male zuvor, mit aller Brutalität zu würgen und dabei seine spitzen Nägel gewaltsam in meine Haut zu bohren.

Ich spürte wie warmes Blut aus meinem Hals trat und an meiner Kehle hinab über mein linkes Schlüsselbein lief, während ich abermals vergeblich versuchte, das Monstrum von mir loszureißen. Die sich anbahnende Benommenheit spürend, taumelte ich durch die Küche und versuchte die Hand durch heftiges, beinahe verzweifeltes, Kratzen und Schlagen dazu zu bringen von mir abzulassen.

Nach Luft schnappend und dem vergeblichen Versuch nachkommend um Hilfe zu schreien, wankte ich bis hinüber zur Spüle, unter der ich einige Werkzeuge für die ein oder andere handwerkliche Tätigkeit aufbewahrte; unter anderem eine recht große Säge... Der Ohnmacht nahe wühlte ich mich durch all die Gegenstände, bis ich schließlich die Säge zu packen bekam und sie an das Handgelenk des mörderischen Etwas setzte.

Dieses begann nun zu zappeln; sie zu erwischen gestaltete sich somit mehr als schwierig und alles, was ich erreichte, waren ein paar kleine Schnitte, die jedoch so gut wie nichts auszurichten vermochten und mir keineswegs aus meiner misslichen Lage halfen.

Mein Blick wanderte hinüber zum Fenster. Wenn es sein musste, dann würde ich springen. *„Der Aufprall würde mir meine Rippen brechen und diese in meine Organe rammen oder mein Schädel würde schlicht und einfach aufplatzen wie die Schale eines Eies",* dachte ich bei mir. Wenn ich mich dieses Griffes innerhalb der nächsten paar Sekunden nicht erwehren würde, dann wäre das mein Ende und bei Gott, ich würde lieber mit einer zerbrochenen Schädeldecke den Bordstein vor meiner Wohnung vollbluten als mir hier und jetzt von dieser verfluchten Hand das Leben aus dem Hals heraus drücken zu lassen.

Draußen schien das Licht des Halbmondes durch die ansonsten rabenschwarze Nacht und auf dem von außen verdreckten Glas zeichnete sich mein Spiegelbild ab. Ich riss die Augen auf, sah genauer hin und fokussierte mich vollständig auf die Hand an meiner Kehle und wenn sie mir nicht schon eine ganze Minute lang die Luft abgedrückt hätte, so hätte mir spätestens der Anblick jener entsetzlichen Spiegelung den Atem geraubt.

Die Hand hatte einen Körper, der sich nun erstmals vor mir offenbarte. Sie wuchs nicht einfach aus dem Nichts wie all die anderen zuvor. Sie war mit einem Leib verbunden, der sie zu steuern schien und eben diesen Leib nun zu erblicken, hätte schlimmer nicht sein können. *Ich* war es! Das war keine körperlose Hand, die sich aus der Wand oder dem Boden gewunden hatte, wie eine Larve aus einem rotbäckigen Apfel. Es war meine Hand.

MEINE!

Geschockt erlangte ich wieder Kontrolle über jene Extremität, die sich gegen ihren eigenen Herren gestellt hatte. Ich trug einen verdammten Judas an meinem eigenen Körper. Ich hatte einen beinahe aussichtslosen Kampf gegen mich selber geführt...

Meine Augen wanderten über den verräterischen Körperteil. All die Kratzer, Bisse und Schnitte, mit denen ich versucht hatte, mein Leben zu retten, fanden sich nun auf meiner eigenen Haut, in mein eigenes Fleisch eingraviert, wieder. Gerade noch hatte ich durch Camilla mein Vertrauen wieder aufbauen können (und in ihr steckte jetzt auch mein gesamtes Vertrauen, das ich noch aufbringen konnte) und dann versuchte plötzlich, meine eigene Hand mich zu töten. Das alleine war schon furchteinflößend genug, doch die Tatsache, dass das Vorhaben beinahe von Erfolg gekrönt wurde, machte das Ganze so unfassbar schrecklich, dass es mir nun auch den letzten Funken an Verstand raubte, der sich noch in meinem Schädel zu verankern versucht hatte und der seinen Kampf jetzt wohl oder übel aufgeben musste.

So durfte es nicht enden. Ich musste handeln; auch wenn das bedeuten würde, dass der Weg, der mich zu diesem Ziel führen sollte, schlimmer war als alles, was ich bisher getan hatte und schlimmer, als ich es mir selber zumuten konnte.

Werd' klar im Kopf!

Ich schlug mir gegen die Schläfe und starrte auf die Küchenfliesen hinab, versuchte mich zu konzentrieren und nicht in den ewigen Wahnsinn abzudriften, aus dem es mir nie gelingen würde zu fliehen.

Wehr' dich dagegen!

Ich dachte an den letzten Funken Verstand, der sich nun vermutlich wie ein Äffchen an einen morschen Ast klammerte, während ein Orkan durch seinen Wald wütete und ihn mit den Beinen baumelnd durch die Luft wirbeln ließ, während er kläglich versuchte nicht loszulassen.

Halt dich fest, Kleiner. Lass' nicht zu, dass sie dich kriegen.

10

Klarheit erfüllte mich und ich sah auf. Der
Orkan hatte sich in ein laues Lüftchen
verwandelt, doch ich wusste nur allzu gut, dass
es nicht sehr lange dabei bleiben würde. Der
Orkan könnte jeden Moment zurückkehren
und den gesamten Wald dem Erdboden gleich
machen. Es blieb keine Zeit, sondern nur
dieser kleine Augenblick und genau diesen galt
es jetzt zu nutzen, um diesen Horror ein für
alle Mal zu beenden.

Hektisch kramte ich eine alte Stahlplatte aus
einer der hinteren Schubladen hervor
(manchmal fragte ich mich, wofür ich manche
Sachen, die im Haus verstreut lagen, überhaupt
aufgehoben hatte), lief mit dieser ins
Wohnzimmer und warf sie in die lodernden
Flammen des Kaminfeuers. Eiligen Schrittes
rannte ich zurück in die Küche, kramte einen
Hammer aus der Werkzeugkiste hervor und
griff nach der Säge, die sich noch immer auf
dem Tisch befand. Dann stolperte ich hinüber
zum Kühlschrank, der etwa in Höhe meiner
Brust auf einem der unteren Küchenschränke
aufsaß.

Konzentriert und mit jeder Menge
Anstrengung hob ich ihn an und klemmte die

Säge zwischen beiden Möbelstücken ein, sodass noch etwa die Hälfte des mit spitzen metallenen Zacken besetzten Sägeblattes hervorschaute. Mein Atem wurde schneller, begann innerhalb weniger Sekunden förmlich zu rasen und mit wehleidigem aber entschlossenem Blick schaute ich ein letztes Mal auf meine Hand hernieder.

Lauter Erinnerungen strömten durch meinen Kopf.

Wie sie mir halfen, einen Bauklotz nach dem anderen übereinander zu stapeln, als ich diese von meiner Mutter zum vierten Geburtstag geschenkt bekommen hatte.

Wie sie die Stifte führten, mit denen ich Bilder im Kindergarten und eigentlich meine gesamte Schulzeit über malte und die mir halfen, die ein oder andere Geschichte auf Papier zu bringen.

Mein Gott, ich dachte sogar an das erste Mal, als ich mir einen runtergeholt hatte. Eine eher unromantische, wenn auch sehr nostalgische Erinnerung, denn das wäre wohl eines der Dinge, das ich im Zusammenhang mit meinen Händen am meisten vermissen würde, so bescheuert es auch klingen mochte.

So gut ich konnte, versuchte ich meine inzwischen stark zitternde rechte Hand ruhig zu halten, als ich sie an das geradezu nach Blut dürstende Sägeblatt ansetzte.

Atme ein – atme aus – sammel dich – beruhige dich – Augen zu und durch... Sie werden dich nicht kriegen. Nicht sie!

Und mit diesem Gedanken riss ich meinen Arm ruckartig zurück, um ihn dann mit gleicher Kraft wieder vorwärts zu stoßen. Ich spürte das warme Blut über meine Haut fließen, das aus meinem aufgerissenen Handgelenk strömte, doch was ich deutlich intensiver verspürte war dieser höllische Schmerz, der sich binnen Bruchteilen von Sekunden in meinem ganzen Körper verteilte – wie ein Stromschlag.

Und genau dieser Stromschlag war der Vorbote des Orkans, der nun wieder in meinem Innern zu wüten begann und abermals drohte, mein tapferes Verstandsäffchen von seinem Baum zu schütteln.

Halte durch, Kleiner. Bald ist alles vorbei.

Der Orkan hatte jedoch auch einen Vorteil, - er schien den Schmerz auszuschalten, zumindest für eine Weile und das gepaart mit der tief in mir sitzenden Angst, beförderte mich in einen wahren Rausch. Meine rechte Hand ballte sich zu einer Faust (das allerletzte Mal, dass sie dies tun sollte) und nun bewegte ich meinen

Arm immer schneller an den jetzt mit Blutspritzern befleckten Zacken entlang.

Und mit jedem Ruck, den es benötigte, um meinen Arm zurück zu zerren oder vorwärts zu pressen, wurde die Lücke zwischen meiner Hand und dem Rest meines Armes größer. Der übrige Fetzen Fleisch, der die beiden noch zusammenhielt, wurde aufgrund dessen schmaler und nahm weiter und weiter ab.

Schließlich steigerte sich der Schmerz so weit, dass mir kalter Schweiß von der Stirn in mein Gesicht lief und ich ihn selbst in meinem Wahnsinnsrausch deutlich zu spüren begann. Ein Schmerz, der so drastisch anstieg, um mir mitzuteilen, dass die Säge mein Fleisch inzwischen bis auf den Knochen durchtrennt hatte.

Bis zu diesem Moment war diese Tortur schon schrecklicher als alles bisher Dagewesene, doch nun kam der Part, der mich die meiste Überwindung kostete. Ich ließ von der Säge ab, legte meinen blutenden Arm auf die hölzerne Schatulle neben dem Kühlschrank, in der Camilla ihre ganzen verschiedenen Teesorten aufbewahrte, und griff nun nach dem großen Hammer.

Mit Tränen des Schmerzes, die sich unterhalb meines Kinns mit meinen Schweißperlen zu vermischen begannen, umklammerte ich den Griff so fest, wie es meine Kraft (von der ich schon beinahe alles aufgebraucht hatte) noch zuließ. Dann hob ich das eiserne Ende in die Höhe, atmete leise und so ruhig wie möglich aus und ließ es dann schreiend auf meinen freigelegten Knochen niederschmettern.

Der Schmerz... es war als hätte man alle Leiden, die ich je in meinem Leben ertragen musste, gebündelt und in Form einer spitzen Klinge in meinen Arm gestochen. Auf den ersten Schlag folgte ein weiterer – und noch einer – und erneut einer,... irgendwann jedoch (der Schmerz und der daraus resultierende Rausch hatten mein Zeitempfinden komplett benebelt), ich meine sogar bereits nach dem vierten Schlag, begann der Schmerz nachzulassen. Bis ich schließlich jegliches Gefühl aus meinem Arm herausgeschlagen hatte und das stumpfe Geräusch des Aufpralls alles war, was ich noch wahrzunehmen vermochte.

KNACK!

Mit einem Mal kehrte all der Schmerz, der für die letzten fünf oder sechs Schläge ausgesetzt hatte, wieder zurück und schien wie ein Blitz durch meinen ganzen Körper zu strömen, als eben dieses scheußliche Geräusch das endgültige Brechen meines Knochens ankündigte. Ich hob zitternd meinen Arm, an dessen Ende meine Hand nun lediglich wie ein großer, lebloser Fleischfetzen hing und erst als ich versuchte, mit den Fingern zu wackeln, wurde ich mir vollständig darüber klar, dass ich sie für immer verloren hatte. Zwar hatte ich darüber gelesen, dass man abgetrennte Gliedmaßen noch kurze Zeit später wieder annähen konnte, doch lieber würde ich sterben als diese Klaue des Schreckens wieder eins mit meinem Körper werden zu lassen.

Nein... diese Trennung würde endgültig sein.

Mit festem Griff packte ich meine Hand mit der anderen und zerrte dann mit einem Ruck so stark an ihr, bis sie sich mit einem schmatzenden Geräusch von meinem restlichen Leibe löste, was mir einen Schrei entweichen ließ, der vermutlich selbst einem Löwen Konkurrenz hätte machen können. Jetzt musste alles ganz schnell gehen. Der Blutverlust war enorm und ich spürte, wie mich eine beunruhigende Benommenheit zu erfassen begann. Nein – wenn ich jetzt in Ohnmacht fiele, würde ich verbluten, das wusste ich mit absoluter Sicherheit, ohne dass ich ein medizinisches Studium abgeschlossen haben musste.

Hastig stürmte ich ins Wohnzimmer zum Kamin, in dessen Innern noch immer lodernde

Flammen um die metallene Platte tanzten, die inzwischen selbst eine orangene Färbung durch die Hitze angenommen hatte.

Geschwächt, müde und beinahe übermannt vom Schmerz ließ ich mich unmittelbar vor der Feuerstelle auf die Knie fallen und drückte, ohne großartig darüber nachzudenken, den blutenden Stumpf auf die heiße Oberfläche der Platte.

Ein Zischen erklang, ich schrie erneut auf und wie schon bei meiner Halluzination während meiner kurzweiligen Hypnose, stieg mir dieser widerliche Gestank von verbranntem Fleisch in die Nase. Ich begann zu würgen, doch der Schmerz und die ständige Angst davor, dass meine noch vorhandene Hand sich jeden Augenblick gegen mich wenden könnte, hielten mich davon ab mich zu übergeben. Wankend stand ich auf und taumelte beinahe schon orientierungslos zurück in die Küche.

Ein beunruhigendes Geräusch ließ mich jedoch in meinem Gang erstarren.

Tropfff... Tropfff... Tropfff...

Mit einer schrecklichen Ahnung bezüglich dessen, was diesen beunruhigenden Klang auslöste, hob ich meinen Arm, an dessen Ende bis vor wenigen Sekunden noch eine Hand gesessen hatte, und verlor plötzlich mit einem

Mal jegliche Hoffnung. Es blutete – es blutete fast noch heftiger als zuvor, nur mit der Ausnahme, dass das Fleisch am Stumpf verkohlt war. Wie konnte das sein? Ich hatte doch alles richtig gemacht, oder nicht? Und ich war kurz zuvor noch so närrisch gewesen zu behaupten, dass ich keine medizinischen Grundkenntnisse benötigte, um den größten Schaden abzuwenden und jetzt stand ich da und begann wie ein Schwein im Schlachthaus damit, schlicht und einfach auszubluten.

Als wäre ich kaum noch richtig bei mir, sondern mehr wie ein gefühlsloser Untoter, torkelte ich hinüber zum Kühlschrank und stützte mich an diesem ab, wobei mein Blick unmittelbar die im Licht glänzende Säge erfasste, an der dicke, rote Blutstropfen hinunterfielen und Teil der riesigen Lache wurden, die sich auf dem Boden gesammelt hatte.

Es war vorbei...

Die ganze Aktion war offenbar von Anfang an zum Scheitern verurteilt gewesen. Die Blutung zu stoppen würde mir höchstwahrscheinlich nicht mehr möglich sein und inzwischen war ich auch viel zu schwach, um Hilfe zu holen oder gar auch nur nach einem Retter zu rufen.

Ich spürte, wie mein Atem schwächer und

meine Beine wackelig wurden. Schon bald würde ich zu Boden fallen und nicht wieder aufstehen... nie mehr. Das Gefühl wich langsam aus meinen Gliedern und ich begann immer mehr damit, in mich zusammenzusacken, bis mir schließlich der Atem stockte. Das war's; mein letzter Atemzug hatte sich soeben aus meiner Lunge gequält. Das war zumindest mein erster Gedanke, bis ich einen unangenehmen und schmerzenden Druck in meiner Halsregion verspürte. Meine Augen weiteten sich und blitzschnell war ich mir darüber im Klaren, dass mir der Atem nicht ausgegangen war, sondern er mir abermals abgedrückt wurde!

Die *andere* Hand!

Nein! Das war das letzte Mal, dass sie das tat! Zu sterben würde diesem Wahnsinn ein Ende bereiten; es würde mich erlösen und mir Frieden geben, aber nicht so – nicht auf diese Weise – nicht durch *sie*!

Ohne an den nahenden Schmerz zu denken, der sich noch zusätzlich zu jenem gesellte, der mir eh schon langsam das Bewusstsein raubte, setzte ich nun zögernd, aber entschlossen, auch mein anderes Handgelenk an das Sägeblatt, um auch das zweite dämonische Stück Fleisch von meinem übrigen Korpus zu entfernen. Ich hatte mich schon so gut wie tot gefühlt, doch das Gefühl ungeheurer Qualen, welches wenig später meinen Körper durchströmte ließ mich nur allzu deutlich spüren, dass ich noch immer recht lebendig war.

Das rote Fleisch ließ sich problemlos durchtrennen und auch wenn der Schmerz stark war, so war er mir dennoch lieber als die Marter, die mich dann zu packen gedachte, wenn ich den Knochen erreicht haben würde, was wenige Sekunden später folgen sollte. Trotz meiner beinahe vollständigen Taubheit, die sich innerhalb der letzten Sekunden in mir ausgebreitet hatte, schlug ich mit voller Kraft mehrfach auf den Küchentisch und zertrümmerte somit ohne weiteres meinen Handwurzelknochen.

Ich war sie los.

Ohne sie war ich zwar machtlos und totgeweiht, doch mit ihnen war ich etwas viel Schlimmerem ausgeliefert – Hilflosigkeit. Es würde als Selbstmord in den Medien gesendet werden und das war okay so. Schließlich handelte es sich ja auch um einen, auch wenn die Realität ein wenig komplexer war, als sie es in den Nachrichten darstellen würden. Für sie und alle, die es sehen, würde ich nur ein weiterer Spinner sein, der sich aufgrund schrecklicher Wahnvorstellungen das Leben genommen hatte, doch die Geschichte dahinter würde niemand jemals erfahren und vermutlich würde es zudem keine Sau auch nur im Geringsten interessieren.

Als ich keuchend und weinend vor Schmerz ins Wohnzimmer wankte, zog ich eine Spur aus blutigen Tropfen hinter mir her. Benommen ließ ich zunächst die Küche und dann den noch immer lodernden Kamin hinter mir, in dem das glühende Eisen noch immer lag und die teilweise verdreckte Oberfläche schien ein Gesicht zu formen, das mich hämisch angrinste. *Du hast es nicht geschafft,* sagte mir diese Fratze. *Du hast geglaubt, dass du dir mit meiner Hilfe dein Überleben sichern könntest, aber du hast aufs falsche Pferd gesetzt, mein Freund.* Es begann zu lachen; so fürchterlich und schadenfroh, wie man es sich abfälliger nicht hätte vorstellen können. *Du bist eben kein Arzt und aus diesem Grund wirst du nun ausbluten wie das dumme Schwein, das du bist!*

Um mich herum wurde es immer dunkler, doch ein kurzer Blick hinauf zur Deckenlampe machte deutlich, dass es nicht der Raum war, dem es an Helligkeit fehlte, sondern mir nach der ganzen Tortur schwarz vor Augen wurde. Wenige Meter vor mir lag das Badezimmer. Ich wusste nicht einmal, weshalb ich mir noch die Mühe machte, mich in ein anderes Zimmer quer durch die Wohnung zu schleppen. Vermutlich war es der Gedanke an das allseits bekannte Klischee, dass Badezimmer der beliebteste Ort für Suizide waren, was mich zu diesem Vorhaben veranlasst hatte. Ich konnte aufgrund des hohen Blutverlustes ohnehin nicht mehr klar denken, also hätte ich in meinem Handeln wohl vergeblich nach einem logischen roten Faden gesucht.

Dass die Tür zum Bad geschlossen war, fiel mir im ersten Moment gar nicht als großartiges Problem ins Auge. Erst als ich meinen rechten Arm nach der Klinke ausstreckte, erkannte ich, weshalb ich nun wohl doch dazu verdammt war, im Wohnzimmer mein Leben auszuhauchen. Langsam erhob ich meine Arme und starrte auf die leere Luft an ihren Enden. *Ha!* Entwich es mir plötzlich. Was war denn das? Erstaunt hielt ich inne, so als ob das Geräusch, welches ich soeben von mir gegeben hatte, von einer vollkommen anderen Person stammte. *Ha!* Schon wieder. *Ha ha!* Erst in diesem Moment erkannte ich, dass das Geräusch, das ich zunächst nicht zuordnen konnte, von mir selber stammte. Je mehr ich über diesen Laut und meinen kläglichen Versuch das Badezimmer zu betreten nachdachte, darüber, welche Ironie in der Sache steckte, erst da erhielt ich Klarheit darüber, dass das, was ich soeben von mir gab, ein Lachen war.

Hahahahahaha! Ich lachte. Ich konnte mich gar nicht mehr daran erinnern gelacht zu haben, seit dieser ganze Schrecken seinen Lauf genommen hatte. Dieser plötzliche Stimmungswandel war schon seltsam genug, doch ohne Kontext wäre es für jede außenstehende Person wohl die mit Abstand grotesteste und widerwärtigste Szenerie aller Zeiten gewesen. *In dieser Verfassung wäre ich sicher eine tolle Inspiration für eines von Camillas neuesten Gemälden.* dachte ich bei mir und begann nun noch lauter zu lachen. *HAHAHAHAHA!*

Beinahe euphorisch wirkend blickte ich mich um. Das Wohnzimmer sah so schön und gemütlich wie eh und je aus. Dies war also der Platz, an dem alles enden würde. Warum auch nicht? Es war immer ein friedlicher Ort gewesen und ich verband viele schöne Erinnerungen mit diesem Raum, auch wenn Camilla dies nach heutiger Sicht vermutlich anders beurteilen würde. Ich sah das flackernde Feuer und das Grinsen der Metallplatte. Als diese jedoch mein fröhliches Lachen erkannte, verwandelte sich jenes Grinsen wieder zurück in den Dreck, der es eigentlich war. Neben dem Kamin stand der

Tisch und darauf noch immer dieselbe Flasche Chateau Saint-Pierre, die Camilla in ihrer Aufregung und Sorge um mich völlig zu vergessen haben schien. Schade drum. Sie würde den Wein ja sicherlich nicht mehr trinken wollen und das, obwohl ich nur ein einziges Glas gekostet hatte.

Das Lächeln auf meinem Gesicht fror plötzlich ein und brannte sich starr auf mein Gesicht, denn mit nur einem kurzen Schmerz schien sich jeder einzelne Muskel meines Körpers zu verkrampfen und mich somit zu einer Statue erstarren zu lassen. Er war nicht besonders stark und auch wenn ich in meinem Zustand sowieso kaum noch etwas wahrnahm, spürte ich, dass dieser Schmerz eindeutig von einem Stich herrührte. Ein Stich, der tief in das Fleisch nahe meinem Nacken eindrang und die Welt um mich herum mit einem Schlag in die Finsternis tauchte, die ich schon so lange erwartet hatte und nun endlich empfangen konnte.

Mein Körper wurde plötzlich schwer wie Blei und ich stürzte vornüber auf die harten Bodendielen. Das Knarren, welches sie seit jeher bei jedem einzelnen Schritt von sich gegeben hatten, hörte ich bereits nicht mehr. Und während ich merkte, wie mich das Leben verließ, griffen aus der Dunkelheit, die sich um mich herum ausgebreitet hatte, jene Hände nach mir, die mich erst in all dieses Elend gestürzt hatten, um mich nun in die Tiefen jener Hölle zu ziehen, aus welcher sie einst gekrochen waren.

Angst hatte ich nicht mehr. Es war nicht real. Das war es nie gewesen. Mit einem ins Gesicht gefressenen Lächeln ließ ich mich ohne weitere Gegenwehr von ihnen in die Tiefe zerren.

Es war in Ordnung so.

Der Schmerz war vorüber.

11

Das Gemälde stand mit den dunklen Farben, mit denen es kreiert wurde, im starken Kontrast zu der schneeweißen Wand, an welcher es nun schon seit knapp zwei Wochen hing. Der etwas zu groß geschriebene Titel *„Die geifernde Lust"*, der unterhalb des Kunstwerks auf einem weißen Schild mit schwarzer Schrift angebracht wurde, ließ wenig von jenem Grauen erahnen, welches die Besucher der Galerie beim Anblick dieses schlimmsten aller ausgestellten Bilder beschlich.

„Frau Lindström?"

Camilla wandte ihren Blick von dem Ausstellungsstück ab und sah sich um, direkt in das Gesicht einer älteren Frau, über welches sich ein euphorisches Grinsen von einer Wange zur anderen zog. Ohne es groß beeinflussen zu können, löste es Unbehagen in ihr aus.

„Mein Gott, Sie sind es wahrhaftig," sagte sie beinahe ein wenig zu begeistert. „Ich habe schon so lange gehofft, Sie eines Tages hier anzutreffen. Ihre Arbeit hat mich wirklich zutiefst beeindruckt. Diese ganzen alptraumhaften Darstellungen von Ihnen sind so unglaublich wirkungsvoll inszeniert, besser als bei jedem anderen vergleichbaren Künstler dessen Werke ich in dieser Galerie bewundern durfte."

„Haben Sie vielen Dank," entgegnete Camilla, ein wenig abwesend, auf das überschwängliche Lob.

Auf ihren Lippen erschien leicht gequält ein verschmitztes Lächeln, welches jedoch nicht über den Schmerz hinwegtäuschen konnte, der ihr deutlich ins Gesicht geschrieben war. Offenbar bemerkte dies die ihr bis dato unbekannte Frau ebenfalls und nach kurzem Zögern wechselte sie von ihrer Schwärmerei zu interessierten Fragen über Camillas Arbeit, die innerhalb der letzten Tage sehr großen Anklang in Oslos Kunstszene gefunden hatte.

„Vielleicht sollte ich mich ihnen zunächst vorstellen. Mein Name ist Astrid Sandvik; ich bin Kunsthändlerin und vermittele Kunstwerke wie die Ihren in die ganze Welt. Dieses Exemplar jedoch ist anders als alles, was ich bisher begutachten durfte. Wenn es ihnen recht wäre, würde ich gerne mit Ihnen über den Kaufpreis verhandeln, sofern Sie es nach der Ausstellung nicht behalten oder stiften wollen."

„Nächstes Wochenende ist die Ausstellung

beendet, danach können Sie es gerne mitnehmen."

„Und der Preis?"

„Es gibt keinen. Nehmen Sie es ruhig; so erfüllt es wenigstens noch einen guten Zweck. Es wäre nach der ganzen Aktion hier so oder so auf der Müllhalde oder im Kamin gelandet."

Etwas entsetzt über die Lieblosigkeit, mit welcher Camilla ihr beeindruckendstes Werk behandelte, schwieg Frau Sandvik einen Moment und fuhr dann zögernd fort.

„Nun gut... ähm, dann bin ich Ihnen selbstverständlich überaus dankbar. Eins müssen Sie mir jedoch erklären: Aus welchem Grund überlassen Sie mir so ein großartiges Gemälde ohne jegliche Vergütung und ohne, dass es Sie groß zu kümmern scheint?"

Camilla wandte sich wieder dem Bild zu und betrachtete die Hände, welche sich nach ihr ausstreckten, so als wollten sie sagen: *„Du bist die Nächste!"*

„Weil es nicht meins ist. Keines dieser Gemälde stammt von mir."

Frau Sandvik stutzte.

„Jetzt verwirren Sie mich, meine Liebe. Diese

Ausstellung läuft doch unter ihrem Namen."

„Weil der wahre Künstler nicht hier sein kann, um sie zu präsentieren."

Camilla senkte ihren Blick, während Frau Sandvik irritiert den ihren durch die Galerie schweifen ließ, vorbei an all den Bildern, von deren wahrem Erschaffer sie zu ihrem Erstaunen jetzt erst in Kenntnis gesetzt wurde, nachdem sie wochenlang offenkundig der falschen Person Tribut gezollt hatte.

„Und wer ist der wahre Künstler?"

Beinahe fühlte sie sich schlecht, diese Frage zu stellen, war es doch sonnenklar, dass Camilla dieses offensichtlich recht schwierige Thema nach bestem Gewissen zu vermeiden versuchte. Antwort gab sie dennoch.

„Mikal Olsen. Ich lebte noch bis vor kurzem mit ihm zusammen. Er war mein fester Freund. Ich lernte ihn vor ein paar Jahren hier in Oslo kennen, ich studierte Kunst, er soziale Arbeit. Als wir im Laufe unserer Beziehung beschlossen zusammen zu ziehen, wusste ich noch nichts von... nunja, seiner – Veranlagung."

„Veranlagung?"

„Er war Schlafwandler. Nicht, dass mir das etwas ausgemacht hätte, allerdings war es nicht die Form von Schlafwandeln, bei welcher der Betroffene ziellos durch die Wohnung läuft und am nächsten Morgen an völlig verrückten Orten aufwacht, ohne sich daran zu erinnern, wie er dorthin gelangt ist. Nein. Mikal war... anders. Er ging ins Wohnzimmer, holte kleine weiße Leinwände hervor, die ich in meinem Atelier aufbewahrte, und dann begann er damit, ganz abscheuliche Bilder zu malen.

Irgendwann entwickelte ich die Theorie, dass er nur dann zu schlafwandeln begann, wenn er einen Alptraum hatte, um diese dann zu malen, während er schlief. Alles das, was Sie sehen, Astrid, hat er geschaffen. Dinge, für die manche Künstler ihre beiden Hände opfern würden, hat er ohne zu wissen im Schlaf gemalt."

„Das ist ja unfassbar. War er sich dieser großen Gabe denn überhaupt im Klaren?"

„Leider nicht. Seither ist noch kein Tag vergangen, ohne dass ich mir Vorwürfe darüber mache, es ihm nicht gesagt zu haben. Ich habe einfach darauf gehofft, dass sich das Problem mithilfe von Therapie lösen ließe, doch als ich merkte, dass diese Hoffnung sich nie erfüllen würde, war es schon zu spät."

„Was war es denn für ein... Problem?"

Gefesselt lauschte Frau Sandvik Camillas Erzählung und es schien fast so, als wenn sie das Gemälde wegen dem sie sie überhaupt erst angesprochen hatte, bereits vollkommen vergessen zu haben schien.

„Das Problem war das Bild, das sie als sein Meisterwerk zu sehen scheinen. Es war einer dieser vielen Abende, als ich es ihn malen sah. Zuvor hatte er unter furchtbaren Alpträumen gelitten, denen ich stets eines seiner jüngst kreierten Werke zuordnen konnte. Erst eine Woche, bevor er sich an dieses Gemälde machte, musste ich alle seine vorherigen Bilder aus der Wohnung entfernen. Laut Mikal waren sie der *Auslöser* für seine Alpträume, obwohl es sich bei ihnen lediglich um ein ziemlich erschreckendes *Resultat* handelte. Obgleich sich meine künstlerischen Tätigkeiten hauptsächlich auf Skulpturen beziehen, konnte ich ihn mit Leichtigkeit davon überzeugen, dass die Bilder auf meinem Mist gewachsen waren.

Ich fürchte nur, dass ich ihm damit ein schlechtes Gewissen gemacht habe, obwohl ich mehr als froh war, dass diese scheußlichen Bilder endlich aufhörten, meine Wände in eine finstere Vorhölle zu verwandeln. Ich weiß nicht einmal, weshalb ich sie überhaupt jemals aufgehängt hatte. Ich schätze, ich war einfach fasziniert von ihnen und der Art und Weise, wie sie entstanden waren. Allerdings habe ich sie nicht bei meinen Eltern untergebracht, wie ich es Mikal erzählt habe, sondern habe sie in meinem Atelier verstaut und Mikal gesagt, dass ich an einem neuen, sehr furchteinflößenden Bild arbeite, um ihn davon abzuhalten, das Atelier zu betreten. Ironisch, nicht wahr?

Während ich vorgab ein Bild zu malen, das alle bisherigen Werke an Schrecklichkeit übertrumpfte, malte er eben dieses nur wenige Tage darauf selber. Und wie es sie alle übertrumpfte. Ich hätte nie gedacht, dass mir ein Bild solch eine Angst einjagen konnte und es war zudem nicht der einzige Punkt, in dem es sich von den anderen Gemälden unterschied. Es – veränderte ihn. Zwar spukten alle seine grässlichen Werke irgendwo in seinem Kopf herum, aber dieses war das erste und einzige, das ihn auch im Wachzustand heimzusuchen begann. Er fing an, Hände zu sehen, überall – Hände, die ihn berührten, angriffen oder sogar töten wollten. Ich habe aus Angst sogleich einen Psychologen kontaktiert – eigentlich hätte ich das schon viel früher tun sollen, aber ich hatte wohl einfach gehofft, dass es aufhört, wenn ich die Bilder vor ihm verstecke.

Ich war so unfassbar naiv und dumm, aber

letztendlich war es so oder so egal, denn der Arzt konnte ihm auch nicht helfen, obwohl ich ihm all das erzählt hatte, was ich Mikal nicht erzählte. Nachdem Mikal in seiner Praxis während einer Hypnosetherapie einen Tobsuchtsanfall bekam, gab er mir die Nummer eines Psychiaters, den ich aber wirklich erst dann aufsuchen wollte, wenn die ganze Situation eskalieren sollte. Sie war längst außer Kontrolle geraten, aber wahrhaben wollte ich es nicht. Ich werde mich vermutlich auf ewig dafür hassen. Er hat mir vertraut, hat geglaubt, ich gäbe ihm Halt und dabei habe ich ihn die ganze Zeit über nur belogen.

Meine Methode hat ihn in den Wahnsinn und schließlich in den Tod getrieben. Vielleicht hätte ich auch mit einer anderen Taktik nichts bewirkt, aber alleine der Gedanke daran, dass ich es vielleicht – nur vielleicht – hätte vermeiden können, wenn ich ihm alles erzählt hätte, lässt mich nächtelang nicht mehr schlafen. Ich denke, ich wollte einfach nicht, dass er in eine Anstalt gesperrt wird, obwohl das bei genauerer Überlegung vermutlich seine einzige Rettung gewesen wäre. Und dann kam die Nacht, in der der Wahnsinn vollends die Überhand gewann..."

Camillas Augen wanderten auf den dicken,

blauen Gips hinunter, der um ihr Handgelenk gebunden worden war.

„Ich – ich bin beeindruckt, dass Sie so offen mit mir über dieses furchtbare Ereignis sprechen können, Frau Lindström. Ich hoffe, ich habe damit keine Wunde aufgerissen."

„Seien Sie unbesorgt. Wunden lassen sich schließlich erst dann wieder aufreißen, wenn sie etwas verheilt sind. Vermutlich erzähle ich Ihnen das alles auch nur, weil ich sonst niemanden zum Reden habe, außer vielleicht meinen Psychologen, nur dass dieser mich bei jeder einzelnen Sitzung an all das erinnert, was ich am liebsten vergessen würde und außerdem ziehen Sie mir nebenbei nicht das Geld aus der Tasche."

„Wenn ich mir die Frage erlauben dürfte, wirklich nur falls es Sie nicht allzu sehr belasten würde, was ist denn mit Ihrem Partner geschehen?"

Camilla schwieg für einen Moment und kratzte langsam über ihren Gips, so als wenn sie die Frage gar nicht gehört hätte.

„Er hat sich umgebracht – in unserer Wohnung, während ich im Krankenhaus war. Eine Nachbarin hat ihn gefunden, nachdem sie zuvor seine panischen Schreie durchs Haus hallen hörte. Als sie dann schließlich mithilfe eines anderen Nachbarn die Tür aufbrach, lag Mikal bereits tot am Boden... Er hatte sich seine eigenen Hände abgesägt und hatte dann versucht, sie mit einer heißen Metallplatte zu veröden.“

Mit einem Ausdruck, der Trauer, Enttäuschung und Belustigung gleichermaßen ausstrahlte, hob Camilla ihren Kopf und blickte hinauf zur Decke, wobei ihre Augen langsam wässerig zu werden begannen.

„Er war großer Filmfanatiker. Nennen Sie einen Film und ich garantiere Ihnen, dass er ihn gesehen hat. Leider schien er so einiges auf die Realität zu beziehen. Er glaubte offensichtlich, dass man offene Wunden ganz einfach mit heißem Stahl zubrennen könne. Dass das im wahren Leben leider nicht möglich ist, musste er dann schließlich am eigenen Leib erfahren. Das Resultat war letztendlich nur, dass er viel schneller Blut verlor als zuvor.“

„Mein Gott... das ist ja grauenvoll. Also ist er aufgrund dessen verblutet?“

„Auch wenn es scheußlich klingt, wenn ich das jetzt von mir gebe, doch ich wünschte, es wäre so gewesen, aber leider war sein eigentliches Ableben durch etwas weitaus Schlimmeres verschuldet. Er – er...“

Camilla sog scharf die Luft ein und nun liefen die Tränen, die sich zuvor in ihren Augen gesammelt hatten, an ihren blassen Wangen hinunter.

„Er hat sich mit einem aus seinem linken abgetrennten Arm hervorstehenden Knochen in den Hals gestochen. Daran ist er gestorben."

„Um Himmels Willen. Ich kann mir gar nicht ausmalen, wie schrecklich das für Sie sein muss."

„Wissen Sie, was das Schlimmste ist?" sagte Camilla und wischte sich vorsichtig die Tränen aus dem Gesicht.

„Ich habe seit seinem Tod, bis zu diesem Moment, noch kein einziges Mal geweint. Weder als ich von seinem Tod erfahren habe noch bei der Beerdigung vor zwei Tagen. Vermutlich war es einfach der Schock, aber es erscheint mir dennoch verrückt, dass ich ihm bis jetzt noch keine einzige Träne geopfert habe. Vielleicht musste ich mir all das auch einfach mal von der Seele reden. Die Umklammerung dieses Horrors einfach ein wenig lösen. Ich kann einfach immer noch nicht ganz glauben, dass... Entschuldigen Sie. Es kommt nur gerade einfach alles hoch, was sich seit seinem Ableben in mir aufgestaut hat. Ich glaube, was ich einfach nur sagen möchte ist: Danke."

„Ich habe zu danken; dafür, dass Sie mir all das anvertraut haben, Frau Lindström. Nun fällt es mir natürlich nicht mehr sonderlich schwer zu verstehen, weshalb Sie dieses Gemälde loswerden wollen. Wenn so viele schreckliche Erinnerungen an einem Gegenstand haften, ist es nur logisch, dass man es verschwinden lassen und nie mehr wieder sehen will."

„Nein. Verzeihen Sie, aber mit dieser Annahme liegen Sie leider völlig falsch. Der Grund hinter meinem Wunsch, das Bild loszuwerden, ist ein anderer."

„Ich verstehe nicht..."

Nervös vergrub Camilla ihre Hände in den Taschen ihres schwarzen Parkers, den sie trug.

„Natürlich trägt das, was Mikal zugestoßen ist, seinen Teil dazu bei, doch der Hauptgrund, weshalb ich dieses Gemälde nach Ende dieser Ausstellung niemals wiedersehen möchte, ist..."

Als Frau Sandvik an Camilla hinunter blickte, erkannte sie, dass diese inzwischen zu zittern begonnen hatte und mit einem Mal empfand sie schreckliches Mitleid für jene Frau, die so sehr versuchte stark zu bleiben, aber durch das

Offenlegen ihres Herzens zusammenzubrechen schien.

„Geht es Ihnen nicht so gut, Frau Lindström?"

„Überhaupt nicht, mir geht es gar nicht gut, solange sich dieses verfluchte Gemälde in meinem Besitz befindet... Frau Sandvik? Was ich Ihnen jetzt sagen werde, habe ich nicht einmal meinem Psychologen erzählt, weil ich sicherlich nicht noch länger therapiert oder als verrückt abgestempelt werden möchte, obwohl ich mittlerweile glaube, dass ich wahrhaftig meinen Verstand verliere."

„Wovon reden Sie da, Frau Lindström? Sie machen einem ja geradezu Angst."

„Sicher nicht so eine große Angst, wie ich sie beim Anblick des Gemäldes empfinde. Es – mir wird speiübel, wenn ich nur daran denke. Zwar werde ich nicht wie Mikal von den Händen heimgesucht, aber seit seinem Tod sehe ich diese gottverdammten Monster jede Nacht in meinen Alpträumen. Deshalb weigere ich mich zu schlafen und bleibe stattdessen meist einfach wach. Doch vor zwei Tagen – da hatte ich erstmals das Gefühl, dass mir dasselbe Schicksal drohen könnte wie ihm... Vermutlich war es einfach der Schlafmangel, aber für einen Augenblick glaubte ich, ebenfalls wahnsinnig zu werden."

„Was ist geschehen?"

„Die Beerdigung – ich sah, wie sie den Sarg hinab in das ausgehobene Grab ließen und gerade als ich mich schweren Herzens abwandte und sie damit anfingen, das Erdloch zuzuschütten, da hörte ich dieses Klopfen - und dieses Klopfen kam direkt aus seinem Sarg..."

Frau Sandvik hatte der unheimlichen Erzählung von Camilla interessiert und aufgeregt gelauscht, doch dieser Satz ließ sie augenblicklich leichenblass im Gesicht werden. Es waren Camillas letzte Worte, die sie Frau Sandvik gegenüber äußerte und diese blieb seit jeher die einzige Person, der Camilla jemals ihr dunkelstes aller Geheimnisse anvertraute.

Als die Ausstellung schließlich wenige Tage später ihr Ende fand, gab es eine riesige Auktion, an der einige der berühmtesten norwegischen Kunsthändler sowie viele Malereiinteressierte aus aller Welt teilnahmen. Die Gemälde wurden teilweise überaus teuer verkauft. Deutlich teurer, als Camilla es sich hätte vorstellen können und obgleich sie die Bilder hasste und ihrer Meinung nach Blut an dem Geld klebte, das sie für diese erhielt, so nahm sie es dennoch, anstatt auch diese Werke einfach zu verschenken. Den größten Teil des Erlöses spendete Camilla an das Oslo Hospital, um zumindest anderen das zu ersparen, was sie und Mikal durchleben mussten. Das meiste des übrig gebliebenen Geldes spendete sie an das Kunstmuseum und gründete die *Camilla Lindström Organisation*, die junge Künstler in der Region unterstützen sollte.

Das so oft als Meisterwerk angepriesene Schreckensgemälde *„Die geifernde Lust"* fand im Hause von Astrid Sandvik für nicht allzu lange Zeit einen Platz und wurde letztendlich einige Monate später auf einer weiteren Auktion nahe Asker von einer holländischen Künstlerin erstanden. Ob es seither weiterverkauft wurde oder nicht weiß niemand außer dem Besitzer selbst.

Camilla schloss ihr Studium mit der Bestnote ab und wurde schon sehr bald eine von Norwegens meistgefeierten Jungkünstlerinnen, die durch ihre einzigartigen unheimlichen Skulpturen internationale Berühmtheit erlangte.

Ihren Freund Mikal, dessen Selbstmord laut Angabe der Polizeiakte auf eine schwere Psychose zurückzuführen war, hatte sie zwar nie vergessen, ihn jedoch auch nie wieder mit einer einzigen Silbe erwähnt. Alles, was blieb, war ein in ihrer Kunst verewigtes Markenzeichen, dessen Ursprung allerdings, trotz mehrfacher Nachfrage, auf ewig Camillas Geheimnis blieb. Obgleich es viele

Bewunderer ihrer Kunst brennend interessierte, weshalb keine ihrer Figuren Hände besaß.

Noch heute besucht Camilla Lindström das Grab von Mikal jedes Jahr am 26. September, dem Tag, an welchem sie sich einst kennenlernten. Und immer, wenn Camilla sich an seiner Begräbnisstätte niederkniet, an ihn und die gemeinsame Zeit zurück denkt und der einsamen Stille lauscht, kann sie jedes Mal ganz leise ein dumpfes Klopfen aus dem Inneren der Erde vernehmen.

Ende